Ziffer und die Seinen

MännerschwarmVerlag

Benny Ziffer

Ziffer und die Seinen

Roman

Aus dem Hebräischen
von Markus Lemke

Männerschwarm Verlag
Hamburg 2009

Titel der Originalausgabe:
Tziffer U-Vnei Mino, Am Oved 1999

Bibliografische Information der Deutschen Bibliothek
Die Deutsche Bibliothek verzeichnet die Publikation in der Deutschen Nationalbibliografie; detaillierte bibliografische Daten sind im Internet über http://dnb.ddb.de abrufbar.

Benny Ziffer
Ziffer und die Seinen. Roman
Aus dem Hebräischen von Markus Lemke

Umschlaggestaltung: Carsten Kudlik, Bremen,
unter Verwendung eines Fotos von privatraum /
www.photocase.de

Druck: Interpress, Ungarn
1. Auflage 2009
ISBN 978-3-939542-39-1

Männerschwarm Verlag
Lange Reihe 102 – 20099 Hamburg
www.maennerschwarm.de

Wieder Nacht, mein Freund,
lass mich zurück diesmal.
Wieder Nacht, mein Freund,
lass mich zurück und flieh'.
Denn meine Schläfen pochen,
denn das Herz schlägt bang,
denn die Sonne über mir
wird nicht mehr aufgehen.

Schwöre nur, mein Freund,
wenn eines Tages du Ruhe findest
und an meinem Haus vorüber kommst,
so sage denn dies:
Er jagte Nichtigkeiten nach
und war ein Hirte des Windes,
aber starb wie ein Mann,
der sicher weiß.
Am Morgen, mein Freund,
wird kein Hauch mehr in mir sein.
Doch bis zum Morgen werde ich dies
dir nicht vergessen.

Nathan Alterman

Es kommt vor, dass ich mich von der Schönheit eines Mannes nicht weniger angezogen fühle als von der Schönheit, die einer Frau innewohnt – Und darin ist Gott behüte keine abnormale Neigung oder Schamlosigkeit zu erkennen, sondern die reine und gesunde Begeisterung für das Schöne in der Natur.

Mordechai Ovadyahu:
Aus dem Munde Bialiks

Wegen all der Feuer, die sie hier in letzter Zeit anzünden, herrscht so ein Gefühl, als wäre der Sommer schon da, obwohl wir noch nicht mal Winterende haben. Ich trete aus dem Haus und Brandgeruch heftet sich an die Kleider; ich wasche die Sachen und schon wieder klebt Brandgeruch daran. Zu Ziffer hab ich gesagt, dass die Leute hier den Verstand verloren haben: Wenn in der Hochglanzbeschichtung der Taschenbucheinbände tatsächlich ein krebserregender Stoff steckt, was verbrennen sie sie dann und inhalieren die Gase? Und was antwortet Ziffer mir? «Jo, Schätzchen, kümmere dich um deinen eigenen kleinen Mikrokosmos.» Kurzum, wegen der Hitze und des Qualms sind alle Kräuter, die ich auf dem Küchenbalkon gezogen hatte, eingegangen, vor allem das Basilikum, das ich für Spaghetti mit Pesto verwenden wollte. Selbst die Milch ist sauer geworden - wie mitten im August, und gestern, als ich auf den letzten Drücker zum Lebensmittelladen gerannt bin, um eine neue Tüte Milch zu kaufen, wer hält mich da auf? Churi, dieser arabische Hund, der vor der Apotheke auf der Straße hockt und den Leuten aus der Nachbarschaft seine Dienste anbietet. Offenbar geht's ihm dort gut, anderenfalls würde er ja in sein Dorf zurückkehren, nicht? In der Regel bin ich freundlich zu ihm, weil man sich bei denen vorsehen muss, aber Höflichkeit hin oder her, er ist eine richtige Nervensäge, also hab ich gesagt, mein Freund sei krank – ihr hättet allein die Handbewegung sehen sollen, die er gemacht hat, als ich «mein Freund» sagte – und ich müsse schnell zur Apotheke, was nicht vollkommen gelogen war, weil ich tatsächlich für Toilettenpapiernachschub sorgen musste. Das ist mir schon unangenehm, ständig loszurennen und Toilettenpapier zu kaufen. Die Sache ist die, dass derjenige, der bei uns Toilettenpapier verschwendet, nicht ich bin, sondern Ziffer, gar nicht zu reden davon, dass er regelmäßig rund um die Kloschüssel pinkelt und die Toilette einsudelt und ich hinter ihm herputzen muss wie hinter einem kleinen Jungen. Ich hab ihm gesagt, er soll im Sitzen pinkeln; ich pinkle schon seit Jahren im Sitzen – natürlich nicht an öffentlichen Orten, wo das Klo eingesaut ist –, aber Ziffer, wie alle israelischen Männer, denkt, das würde seiner Männlichkeit Abbruch tun, also pinkelt er nicht nur im Stehen, sondern lässt auch noch die Tür offen, und wenn es etwas gibt, das ich nicht ertragen kann, dann ist es dieses Geräusch, genauso wie ich es nicht ausstehen kann, wenn man mich laut anniest oder wenn geräuschvoll ins Waschbecken gespuckt wird, nachdem man sich die Zähne geputzt hat. Ich bin so erzogen, dass man bei derartigen Verrichtungen keinen Lärm macht.

Aber wie viel Streit erträgt ein Mensch? Ich schweige und schluck's runter, zumal auch die Seelenruhe des Herrn Schriftstellers nicht gestört werden darf. Ziffer ist

Schriftsteller und ich bin die Hausfrau, gieße die Blumen, wasche, koche und sitze in den freien Stunden, falls das die Planungen des hohen Herrn nicht durcheinanderbringt, auf dem Balkon - meinem Eckchen - und lese ein Buch. Doch wenn ich ein Buch lese, nimmt Ziffer das als persönliche Beleidigung. Ginge es nach Ziffer, müsste man alle Büchereien und Buchhandlungen zumachen, weil es seiner Meinung nach nicht ein gutes Buch auf der Welt gibt, abgesehen von seinen eigenen Büchern, selbstverständlich. «Wie kannst du das wissen? Du liest doch neue Sachen gar nicht», sage ich zu ihm. Er antwortet, ich solle mit ihm nicht über Literatur diskutieren und mich auf meinen «kleinen Mikrokosmos» beschränken. Also gehe ich zum Schrank mit den Putzmitteln und fange an, Schubladen und Schränke mit Insektenvernichtungsspray einzunebeln. «Jo, was machst du da», brüllt er. «Ich töte Kakerlaken», antwortete ich. So reagiere ich mich an den Kakerlaken ab, während er in sein Zimmer flüchtet und dort noch eine Weile rumstänkert, bis er sich beruhigt.

Gestern komme ich vom Einkaufen zurück, mit einer Tüte Milch und Tomaten, weil ich im Sinn hatte, Ziffer mit Spaghetti in neapolitanischer Soße, Wein, Kerzen und allem Drum und Dran zu überraschen, darunter wie gesagt auch ein Paket Toilettenpapier. Ich drücke den Knopf der Gegensprechanlage, niemand antwortet. Ich drücke noch mal. Genau in dem Moment kommt Frau Clementine, die Nachbarin, runter und öffnet von innen die Tür. Sie wirft mir einen ihrer Blicke zu und ich schlängle mich mit den Tüten an ihr vorbei. Clementine ist religiös, und der Gedanke, ihre Nachbarn seien etwas, das mit H anfängt und mit O aufhört, gefällt ihr nicht, obwohl sie natürlich jedes nach Gottes Abbild erschaffene Geschöpf respektiert, und Homos sind doch bestimmt auch Kreaturen Gottes? Clementines Geruch hing noch im Treppenhaus, *Mitsouko* von *Guerlain*, in solchen Dingen irre ich mich nicht. Aber je weiter ich die Treppe hochstieg, desto mehr vermischte sich der Parfümduft mit dem scharfen Geruch nach Gas oder gedünstetem Kohl oder einer Leiche.

Zuerst dachte ich, Ziffer könnte das Gas aufgedreht haben, um sich umzubringen, erstens, weil so etwas bei ihnen in der Familie liegt, und zweitens, weil er nicht selten in Depressionen verfällt, wenn es mit dem Schreiben bei ihm nicht läuft. Was soll ich ohne ihn machen? Auch wenn ich immer jemanden Neues finden würde bei den Konditionen, die ich biete, freies Wohnen mit Beteiligung an Strom, Abgaben und so weiter gegen einen Fick hin und wieder. «Jo, wie redest du denn! Also wirklich, auch im Spaß darf man so was nicht mal denken», sagte ich insgeheim. Und legte mir dabei schon die ersten Worte zurecht, die ich sagen würde, wenn ich ihn tot daliegen sähe: «Ziffer, Süßer, erst vor einer halben Stunde hab ich dir den verschwitzten Nacken geküsst und dir gesagt, ich geh einen Moment vor die Tür, warum hast du das bloß gemacht?»

Ich betrete die Wohnung, stelle die Einkaufstüten auf der Marmorarbeitsplatte in der Küche ab und spähe ins Arbeitszimmer. Er ist nicht tot, sondern auf der Toilette gewesen, dort sind die üblichen Spritzer zu sehen. Ich schweige und wische es weg, stelle fest, dass er auch noch etwas anderes gemacht hat. Ziffer kann nicht anfangen zu schreiben, ohne es sich zuvor mit der Hand besorgt zu haben, und schon vor geraumer Zeit hat er mir gesagt, ich sollte deshalb nicht beleidigt sein, das habe nicht mehr zu bedeuten, wie für jemand anderen eine Zigarette zu rauchen oder einen Kaffee zu trinken. Interessant, an wen er dabei wohl denkt, sicher nicht an mich, warum sollte er sonst darauf warten, dass ich das Haus verlasse?

Der Geruch aus dem Treppenhaus begann sich in der Wohnung auszubreiten. Ich fing an, nervöse Bewegungen mit der Nase zu machen, und Ziffer wurde hektisch, weil er wusste, was passieren würde. Bevor er den Mund aufmachen konnte, klingelte das Telefon, und als er den Hörer abnahm, sagte ich: «Das ist der Geruch deiner Mutter. Sie sind auf dem Weg hierher.»

*

Ziffers Vater hat ein Buch geschrieben mit dem Titel «Götter und Helden». Das Buch ist bisher nur hektografiert erschienen und deshalb ist die Abbildung auf dem Einband unscharf oder zu dunkel. Wie auch immer, was man dort sieht, ist eine Burg mit einem Balkon zum See hin, auf dem zwei winkende Gestalten stehen, aber wenn man genau hinsieht, entdeckt man, dass zwischen den beiden Gestalten der Kopf eines kleinen Jungen hervorlugt. Dieser Junge ist der Vater von Ziffer. Die beiden Erwachsenen neben ihm sind das deutsche Geschwisterpaar, Bruder und Schwester, das ihn während des Holocausts gerettet hat.

Ich wäre auf all das niemals gestoßen, hätte nicht eine Freundin von mir, Rivka Rogovin, irgendwann beschlossen, ein weiblicher Derwisch zu werden, und wäre losgefahren, um diese Geheimlehre von einem kurdischen

Geistlichen zu erlernen, der in Berlin lebt, von wo sie mir als Geschenk die Gedichte des Gründers dieser Sekte, Dschalal ad-Din Rumi, mitbrachte, der hierzulande damals noch vollkommen unbekannt war. Die Gedichte waren auf Englisch und aus reiner Neugier übersetzte ich eines davon ins Hebräische. Als ich die Übersetzung Rivka zeigte, war sie begeistert und schickte mein Werk zusammen mit der monatlichen Spende, die sie als Mitgliedsbeitrag überwies, nach Deutschland, worauf der kurdische Imam ihr antwortete, er sei sehr bewegt ob der Tatsache, dass Dschalal ad-Din Rumi in die Sprache des jüdischen Volkes übersetzt sei, das nicht weniger unter Unterdrückung gelitten habe als das kurdische Volk blablabla, und verwies sie, sprich mich, da der Brief für mich bestimmt war, an einen anderen Übersetzer dieser Lyrik mit Namen Ziffer irgendwas, und so stieß ich auf sein Buch «Götter und Helden». Was ich die ganze Zeit eigentlich sagen will, ist, dass Ziffers Vater mir bei einem Problem mit der Übersetzung des Gedichtes geholfen hat. Dschalal ad-Din Rumi erwähnt dort eine Frau mit dem Namen «Mor», der in keinem Wörterbuch auftaucht. Ziffers Vater hat nachgeforscht und herausgefunden, dass dieser Name eine Entstellung des Namens der Göttin «Momar» sei, was «die Tochter, die wie eine Schwalbe jubiliert» bedeute, womit, seiner Meinung nach, eine «astrale Personifikation der Göttin der Morgenröte» gemeint sei, was weiß ich. Ich hab den Namen mit «Schwalbe» übersetzt, was auch mit dem Reim hinkam.

Während des Krieges hielt sich Ziffers Vater, der damals ein kleiner Junge war, in einer Burg in Franken versteckt. Die Burgherren waren ein frommes katholisches

Geschwisterpaar: Maria, die «die Seele eines Mannes hatte» (all das steht in dem Buch), und Heinrich, der das genaue Gegenteil war, eine Frauenseele. Die beiden entsprachen dem Wunsch eines jüdischen Freundes, des Sexualwissenschaftlers Magnus Hirschfeld, und nahmen es auf sich, einen jüdischen Jungen großzuziehen, dessen Eltern gestorben waren. Ziffers Vater beschreibt seine Kindheit auf der Burg und spricht über die Pfeifensammlung, die es dort gab, insbesondere über eine Pfeife, die die Geschwister kurz vor seinem Tod von Magnus Hirschfeld erhielten und auf der er ein Gedicht von Georg Trakl eingraviert hatte, das mit den Worten «Beim Schmauchen eines irdenen Pfeifchens erblickt ich Stiere» beginnt. Was interessant sei, schreibt Ziffers Vater, sei, dass diese Pfeife nicht aus Ton gemacht war, sondern aus etwas, dessen wörtliche Übersetzung aus dem Deutschen «Meerschaum» laute und der wissenschaftlichen Bezeichnung Sepiolith entspreche, während das Mundstück aus Bakelit bestand. Diese Pfeife entschied über das Schicksal von Ziffers Vater, wie er erzählt.

Was jedoch diese mysteriöse «Mor» Dschalal ad-Din Rumis betrifft, oder «Momar», so schreibt Ziffers Vater, auch Magnus Hirschfeld erwähne in seinen Schriften eine Frau namens Mamor, doch wie sich herausstelle, sei hier von einem Mann die Rede, der Hirschfelds Lover gewesen sei und unter dem Namen Miriam gelebt habe, und Hirschfelds Mutter habe sich dagegen verwehrt, dass er sie heirate. «Ich habe mich von meiner Freundin Mamor getrennt, damit meine Mutter aufhört sich zu grämen» (Brief an André Gide, März 1898). «Ich habe aus Liebe zu meiner Mutter auf die beste aller Gespielinnen verzichtet ... sie hat geweint, geschrien ... ich bin standhaft geblieben» (Brief an Heinrich von Strosselheim, Mai 1898). Die Schlussfolgerung aus all dem ist, dass Magnus Hirschfelds Geliebter Maria von Strosselheim war, die eigentlich ein Mann war, während ihr Bruder Heinrich in Wahrheit eine Frau war, von daher seine Liebe zu Pfeifen, die seine Weiblichkeit verschleiern sollten, auch wenn es in jenen Tagen nicht wenige Frauen gab, die Pfeife rauchten.

Kurz und gut, das Telefon klingelte. Sie meinten, sie seien in der Gegend und würden gleich mal für einen Augenblick reinschneien, falls es nichts ausmache. Ziffer, wie immer höflich auf meine Kosten, lud sie zum Essen ein. Ich stehe in der Küche, schwitze, und er, ohne jegliche Rücksichtnahme darauf, dass ich mir ein festliches Abendessen nur für uns zwei gewünscht hatte, meint zu ihnen: «Aber wieso denn, wir haben ohnehin nichts vor.»

Ich stürzte in sein Arbeitszimmer, um ihm zu signalisieren, er solle aufhören, den Gentleman vor seinen Eltern zu machen, die noch nie Blumen oder Wein mitgebracht hatten und immer nur für einen Moment reinschauten, um nicht zu stören, und dann fünf Stunden blieben. «Es reicht, fang gar nicht erst an, ich warne dich», beendete Ziffer die Diskussion. Ich schwieg. Er kam hoch und ging sich anziehen, ließ sich dann wieder in T-Shirt und kurzen Hosen vor dem Bildschirm nieder, sodass ich schon nicht mehr böse auf ihn sein konnte.

Ziffer braucht die Wärme der Familie trotz all dem damit verbundenen Nervkram, obwohl meiner Meinung nach seine Mutter total trallala ist und nur so tut, als habe sie ihn lieb, im Grunde genommen aber nur sich selbst liebt, und sein Vater, auch wenn er ein noch so großer Gelehrter sein mag, ein schwacher und deprimierter Mensch ist, der ständig versucht sich umzubringen, indem er sich Plastiktüten über den Kopf stülpt, wegen seines Holocaustbackgrounds. Andererseits ist ein solcher Hintergrund ein fantastisches Rezept, um als Schriftsteller Erfolg zu haben, vorausgesetzt, man nimmt ein bisschen Abstand davon und köchelt nicht die ganze Zeit im eigenen Familiensaft, um gar nicht von mir zu sprechen, von den Essen, die ich ihnen kochen muss, und die Wohnung aufräumen, bevor sie kommen, weil seine Mutter partout immer einen Blick ins Schlafzimmer werfen muss und mit dem Finger über die Möbel geht, um zu sehen, ob auch ja kein Staub darauf liegt.

Wenn ich Ziffers Mutter als Beispiel nehme, bin ich überzeugt, dass ich niemals und unter gar keinen Umständen mit einer Frau zusammenleben könnte. Die Welt könnte so schön sein ohne sie! Aber bekanntermaßen sind die Mehrheit der Buchleser, und auch der Leser von Zeitungen und Zeitschriften, nun mal Frauen, und ihre numerische Überlegenheit entscheidet über Erfolg oder Misserfolg von Schriftstellern. Deshalb also, werte Leserinnen! Rächt euch nicht an Ziffer für meine Ansichten. Schnappt mich auf der Straße, lyncht mich, aber boykottiert Ziffer nicht, zumal ich glaube, dass er genauso gut mit einer Frau zusammenleben könnte, tagein, tagaus ihr Haar, ihre Haut, die Wärme ihres Körpers, ihre BHs und ihre Slips, ihr Epiliergerät und ihre Salben gegen Vaginalpilz riechen und darüber eine fantastische Prosa schreiben könnte.

Kurz und gut, am Ende hab ich dann ein ziemlich gelungenes Essen hingekriegt. Spaghetti als Hauptgericht. Als Vorspeise kalte Joghurtgurkensuppe. Und Eis zum Dessert. Im letzten Augenblick hatte ich die Befürchtung, das Essen würde nicht reichen, und wollte das Menü um Maiskolben erweitern. Ich fand auch eine Dose in den Tiefen des Vorratsschrankes. Das Problem ist nur, dass man sie anbraten muss und ich Anbraten hasse, weil der Geruch des verbrannten Öls sich mir unter die Haut setzt und man mir dann ein paar Tage lang nicht zu nahe kommen darf. Ich gab die Idee also dran und bat Ziffer, mir zu helfen, den Tisch zu decken. Er meinte, «ich komme», in so einem gelangweilten Ton, dass ich sagte: «Egal, arbeite weiter.»

Eine starke Geruchswelle schwappte aus der Gegensprechanlage, zusammen mit ihrem Klingeln. Ich hörte es, Ziffer hörte es, aber er würde sich nie erheben, um aufzumachen, will, dass sie reinkommen und ihn arbeiten sehen, ihn fragen, was er gerade schreibt, damit er den gewohnten Eindruck auf sie machen kann. Ich rannte ins Bad, um mich ein bisschen in Form zu bringen, entdeckte ein Haar, das aus der Nase guckte, und riss es aus. Ziffer hasst es, wenn mir Haare aus der Nase sprießen, würde mich aber nie darauf hinweisen. Stattdessen ekelt er sich und lässt seine Wut auf andere Weise ab.

Ich setzte mein höflichstes Lächeln auf und ging die Tür öffnen.

*

Wir vier, Ziffers Mutter, Ziffers Vater, Ziffer und ich, essen das von mir gekochte Essen am offenen Fenster. Ziffers Mutter fragt: «Was haben die Juden im Holocaust gegessen? – Spaghetto!» Echt lustig! Den Witz haben wir schon tausendmal gehört. Die Einzige, die darüber noch lacht, ist sie selbst, und wenn sie lacht, reißt sie ihren großen Mund so weit auf, dass man sich die Nase zuhalten muss vor lauter Gestank. Reste von Spaghettisoße kleben ihr an den Zähnen und am Kragen, und niemand wagt ihr zu sagen, sie soll losgehen und es wegspülen. Sie steht auf und geht zum Fenster, um Luft zu schnappen, kommt wieder und bläst uns die verbrannte Luft von draußen ins Gesicht, zusammen mit ihrem Speichel und ihrem Mundgeruch.

Ziffer krault sich die Eier, um zu zeigen, dass er ein echter Kerl ist, ein sicheres Zeichen dafür, dass er sich total zu Hause fühlt, rülpst zur Freude seiner Mutter, als hätte sie das Essen gekocht, steht auf, um zur Toilette zu gehen, und wirft auf dem Weg dorthin wie nebenbei den Satz in die Luft: «Wir haben beschlossen, ein Kind zu adoptieren.» Aus heiterem Himmel.

Ich starre ihn an und glaube es nicht. Immerhin hatten wir entschieden, das Ganze bis zum letzten Augenblick für uns zu behalten und ganz bestimmt nicht seiner Mutter davon zu erzählen, damit sie erst gar nicht mit Planungen und Ratschlägen anfängt. Während er also geräuschvoll bei offener Tür pinkelt, auch das, um den Gästen ein häusliches Gefühl zu geben, schaut mich Ziffers Mutter an, die ganze Visage ein Lächeln. «Ich wusste, dass ich eines Tages endlich Oma werden würde», sagt sie und zieht die Falten ihres Schottenrocks nach. «Die Wahrheit ist, dass ...», versuche ich entschuldigend, aber Ziffer ist bereits dabei, sie mit allen Einzelheiten zu versorgen: Wir reisen in die USA und von dort weiter nach Südamerika. In Brasilien werden wir zwei Monate warten müssen wegen der Adoptionsformalitäten und dann in die Vereinigten Staaten zurückkehren. Ziffer verrät ihnen sogar den Namen des Jungen, Herbert, nach dem Dichter, den wir beide lieben, sagt er und umarmt mich.

Wer sich, außer mir, nicht von der allgemeinen Freude anstecken ließ, war Ziffers Vater. Er fragte, ob wir schon überlegt hätten, wovon wir das Kind ernähren wollten, und ob wir auch über die Auswirkungen der Adoption auf seine Psyche nachgedacht hätten. Ob wir uns klargemacht hätten, was der Junge tun würde, wenn seine Freunde sich wegen seiner Eltern über ihn lustig machten, und wie wir uns verhalten würden, wenn er im Kindergarten Geburtstag hätte, oder am Muttertag, wer würde dann mit ihm zu «Eine teure Mutter hab ich, teure Mutter» tanzen? – «Das sind Kleinigkeiten», unterbrach ihn Ziffer. «Und was ist mit dir? Bist du etwa nicht adoptiert worden?» – «Ja», seufzte Ziffers Vater, «ich hatte keine Wahl.»

Ziffers Mutter beendete die Diskussion mit einer praktischen Frage: Was würde aus Ziffers Schriftstellerei werden? (Mich ignorierte sie gänzlich, wie immer.) Doch darin stimme ich mit ihr überein: Kein brasilianisches Baby darf Ziffers Karriere durchkreuzen. Auch wenn ihre Bemerkung nicht aus echter Sorge um Ziffer herrührte, sondern aus dem Wunsch, mich zu demütigen, mir die Schuld zuzuweisen, ich sei derjenige, der die Idee, ein Kind zu adoptieren, aufgebracht habe, ohne dabei an Ziffers Zukunft zu denken. Denn diese Hündin begnügte sich nicht mit einer allgemeinen Bemerkung, sondern fing an konkret zu werden: Die Drecksarbeit, meinte sie, wie zum Beispiel Windeln wechseln und die Wäsche machen, müsse an mir hängen bleiben, wenn der Partner mit wichtiger kreativer Arbeit beschäftigt sei. Ekelhaftes Weibsstück. «Und erwartet nicht von mir, dass ich den Babysitter spiele», fügte sie hinzu. «Vater und ich sind sehr beschäftigt. Seht zu, dass ihr irgendeine Regelung findet. Vielleicht ja eure jeckische Nachbarin, wie heißt sie noch gleich?»

Genau davor hatte ich Angst gehabt, vor den Ratschlägen. Wie ließ sich das Rattern dieser Lebenshilfemaschine abstellen? Sie mit Essen vollstopfen? Mit Wasser fluten? Von all den verrückten Ideen, die mir in jenem Augenblick in den Sinn kamen, hätte ich mich dafür entschieden, ihr lebende Mäuse in die Möse und den Arsch zu schieben und darauf zu warten, dass sie sie von innen her auffräßen. Ich stehe auf, um das Geschirr in die Küche zu bringen. Als ich mich vorbeuge, um Ziffers Teller zu nehmen, packt mir Ziffer vor den Augen seines Vaters an den Hintern und meint zu ihm: «Was sagst du zu diesem Knackarsch? Willst du mal fühlen?» Und sein Vater, der zerstreute Professor, gehorcht und lässt seine Hand sogar länger als nötig dort liegen.

«Ziffer, erzähl doch», versucht seine Mutter diese kleine Idylle zu stören, die für einen Moment entstanden war, man merkt, dass sie eifersüchtig ist, «worum geht es in deinem neuen Buch?»

Die Adoptionssache beschäftigt uns schon ziemlich lange. Statt eines Kindes könnte man sich zwar ebenso gut einen Hund oder eine Katze halten, aber wir wollen das Original und sind nicht bereit, in Sachen Qualität Kompromisse einzugehen. Man hat uns bereits angeboten, ein Kind aus Rumänien zu adoptieren, aber ein Freund von uns, der dort war, ist erschüttert zurückgekommen und hat erzählt, man habe ihn in einen großen Saal geschleppt mit endlosen Reihen kleiner Betten, die aussahen wie Käfige, und alle Babys hätten orangefarbene Strampelanzüge angehabt, woran mit einer Sicherheitsnadel ein Glöckchen befestigt war. Die meisten Säuglinge hätten halb tot ausgesehen wegen der Beruhigungsmittel, die man ihnen dort verpasst.

Nachdem Ziffers Eltern – endlich, endlich – gegangen waren, konnte ich nicht mehr an mich halten und fragte ihn, warum er ihnen von der Adoption erzählt hatte, ohne mich vorher zu warnen. Ziffer schaute mich mit einem seiner beleidigten Blicke an und sagte, das sei ihm rausgerutscht, als er nach einem Gesprächsthema gesucht habe, «weil du (sprich: ich) kein Wort rausgebracht hast und ich mich unbehaglich fühlte». – «Ich hätte mit deinem Vater über seine Götter und Helden reden können», sagte ich. Meiner Meinung nach bedeutete Ziffers Plaudersucht eine eindeutige Geringschätzung unseres gemeinsamen Geheimnisses, und außerdem sah ich im Geiste schon, wie Ziffer, wenn die Probleme erst einmal da waren, versuchen würde die Angelegenheit auf mich abzuwälzen, mich beschuldigen würde, ich hätte das Kind gewollt, genau wie seine Mutter darüber dachte.

Ich meinte zu Ziffer, er solle sein Unterhemd und die Shorts ausziehen, weil ich eine halb volle Maschine hätte und ohnehin die Tischdecke waschen wollte. Stumm zog er auch die Unterhose aus und machte sich daran, noch ein, zwei Stunden vor dem Schlafengehen zu arbeiten, bis ich damit fertig wäre, das Geschirr in die Schränke zu räumen.

«Willst du einen Kaffee», brüllte ich ihm aus der Küche zu. Ich wusste, dass er deprimiert vor dem Computer hockte. Er antwortete kläglich, «ja», wie ein kleiner Junge, der mit einer schlechten Note aus der Schule nach Hause gekommen ist. Zugegeben, die Einladung an seine Eltern war nicht die beste Idee. Nackt, wie er war, kam er in die Küche, ließ sich auf den Stuhl an der Wand sacken, streckte die Beine von sich und sagte: «Gib mir Pussi. Ich muss das Gefühl haben, dass ich jemandem was bedeute.» Ich gab ihm zwei Küsschen, aber nicht ins Gesicht, sondern auf seine kleinen harten Brustwarzen. Danach in die Ohren und am Ende haben wir dann, selbstredend, keinen Kaffee mehr getrunken. Nur gut, dass mir noch rechtzeitig einfiel, dass das Wasser kochte, denn der Wasserkocher war schon dabei durchzuschmoren.

Danach lagen wir noch eine Zeit lang wach in der Dunkelheit. Ziffer lag auf dem Rücken, die Hände unter dem Kopf verschränkt, und ich streichelte ihm die Haare auf der Brust, als er meinte, sein nächstes Buch werde ein Essayband über die Situation der Schwulen in Israel, aus den verschiedenen Blickwinkeln der Sozial- und Geisteswissenschaften und auch der Naturwissenschaft. Da ich darauf nichts erwiderte, seufzte er, drehte mir den Rücken zu und schlief ein.

Plötzlich hatte ich das Gefühl, als käme ein frischer Luftzug durch das offene Fenster. Allmählich verloschen die Fernsehapparate der Nachbarn. Nur das lang gezogene Jaulen eines liebestollen Hundes war zu hören.

*

Es war vor ungefähr zwei Jahren. Man hatte Ziffer zu einer Woche «Literarischer Begegnungen» nach Berlin eingeladen. Anfangs bot er mir nicht an mitzukommen, und erst nachdem ich gefragt hatte, ob er befürchte, dass meine Anwesenheit seiner Karriere schaden würde, beeilte er sich zu sagen: «Ach was, Jo, Süßer, klar, dass du auch mitkommst.» Irgendwie verstehe ich ihn, sicher nicht angenehm, vor diesen ganzen offiziellen Nasen zu stehen und mich bei einem Empfang als seinen Freund vorzustellen, nur weil er keine andere Definition für mich hat. Dabei sind die Deutschen noch höflich, die Israelis warten nicht mal ab, bis er sich abgewandt hat, um zu grinsen, und immer ist da einer, der unversehens einen Witz über Schwule zum Besten geben wird, worauf seine Frau ihn unter dem Tisch anstößt und er mittendrin abbricht, die Schmalztolle zurechtstreicht, die ihm die Glatze verdeckt, und feixt, «hab ich was Unanständiges gesagt?». Solche Sachen kommen in Deutschland nicht vor. Kurz und gut, wir hatten es nett zusammen. Lagen stundenlang eng umschlungen im Bett, knutschten herum wie zwei Jungfrauen und Ziffer sagte, dass er mich liebe, etwas, das man ihm nicht so leicht entlockt. Auch in Gesellschaft war er ungewöhnlich charmant und es störte mich nicht, dass er hin und wieder nach den Kellnern im Restaurant oder den Platzanweisern in der Oper schielte. Einmal, in einem Museum, fing er ein Gespräch mit einem kreuzdummen Kassierer an. Sie zeigten dort eine Ausstellung über die Filmschauspielerin Hildegard Knef, und ich fragte den Knaben an der Kasse, ob sie auch eine CD mit ihren größten Hits hätten. Ich hatte gleich gesehen, dass er *so* einer war, sah auch den Blick, mit dem er Ziffer beäugte, und den Blick, mit dem Ziffer ihn aufspießte, fehlte bloß noch, dass sie sich ausgezogen und in die Waagerechte begeben hätten. Er fragte, woher wir seien, und Ziffer sagte: «Ich bin aus Kroatien und er (sprich: ich) aus Kasachstan.» Irrsinnig lustig. Ich hab zwar nichts gegen Kasachstan, aber warum rechnet er mich einem Volk schmutziger Nomaden zu und sich selbst Europa? Der Knabe an der Kasse fiel drauf rein und fragte ihn über den Krieg in Bosnien aus und dass es nicht okay sei, was sie den Muslimen angetan hätten, um dann über sich selbst zu sprechen, dass er aus Sachsen stamme und keine feste Arbeit habe. Er fragte Ziffer, ob in Kroatien Bedarf an Deutschlehrern bestehe. Ziffer setzte eine Trauermiene auf und sagte, dass ja, weil die Serben sie alle massakriert hätten, und die ganze Zeit über existierte ich nicht, war Luft, ein Schafhirte aus Kasachstan, der irrtümlich in den Tempel der Kunst geraten war. Als wir endlich aufbrachen, redete ich nicht mit Ziffer und dachte bei mir: Jo, gönn ihm nicht das Vergnügen, einen Streit vom Zaun zu brechen. Bis er endlich mein grollendes Schweigen bemerkte und fragte, ob irgendwas los sei, worauf ich nicht antwortete und er nochmals fragte und anfing richtig nett zu sein, was selbstverständlich die ganze Sache im Bett enden ließ, er auf mir drauf und ich «ja, ja» brüllend, so wie er es liebt.

Zu Ziffers Auftritt in einem schwulen Buchladen in Berlin kamen ganze Heerscharen. Berlin ist nicht Tel Aviv - Heerscharen, sage ich! Der Moderator stellte Ziffer als die rosa Hoffnung Israels vor, was meiner Meinung nach geschmacklos war. Zu ihm aufs Podium setzten sie einen deutschen Professor für sexuelle Minderheiten, und es begann eine Debatte, ob die Homosexuellen in Israel eine unterdrückte Minderheit seien oder nicht. Ziffer las zwei Passagen aus seinem Buch, hielt dann seinen Vortrag und ich saß im Publikum, nicht zu weit vorne, und wartete auf den Satz: «Im Publikum sitzt mein Lebensgefährte, der langmütig all meine Eskapaden erträgt.» Der Satz stand in seinem Manuskript, ich hatte ihn gesehen, aber aus irgendeinem Grund las Ziffer ihn nicht vor oder ich war taub geworden, denn hinterher behauptete er, er habe den Satz sehr wohl gesagt und ich hätte es bloß nicht gehört. Mal angenommen. Kurzum, ich nutzte die Zeit, um den Gesichtsausdruck des Publikums zu verfolgen, das Ziffers Geschichten über die Verfolgung durch die Polizei und die Gewalt auf der Straße aufsog, ganz zu schweigen von den Äußerungen der israelischen Politiker über uns. Was meiner Ansicht nach nicht fair war, weil man berücksichtigen muss, dass Israel ein Staat im Kriegszustand ist und sich nicht jeden Luxus des Westens erlauben kann. Dann definierte der deutsche Professor – sie hatten extra einen Juden aufgetrieben – Israel als theokratischen Staat und Ziffer, anstatt zu protestieren, nickte zustimmend. Und ich dachte bei mir, wäre Israel nicht stark, würde er nicht auf diesem Podium sitzen. Ich hasse diese Linken, die im Ausland sitzen und uns mit Kritik überziehen, zumal wir irrsinnig scharfe Soldaten haben und alle Homos, die zu dem Abend gekommen waren, sicher dafür gemordet hätten, wenn einer von denen sie ficken würde, all diese Schwestern, bei denen du zu allem Überfluss nicht weißt, ob sie nun Aids haben oder nicht, so athletisch sie auch aussehen mögen.

Klar, dass die Geschichten über die Verfolgung von Homosexuellen in Israel Humbug sind, das Problem ist, dass Ziffer die Neigung hat, sich selbst zu ernst zu nehmen und zu glauben, was er sich ausdenkt. Am nächsten Tag, beim Frühstück, fragte er plötzlich, was ich davon hielte, wenn wir in Deutschland Asyl beantragen würden. Ein Bundestagsabgeordneter von den Grünen, der bei der Lesung war, habe ihm geraten, die Schiene zu fahren, und gesagt, es gäbe bereits Präzedenzfälle dafür aus anderen Staaten in der Dritten Welt. Ich sagte gar nichts, ließ ihn selbst wieder runterkommen. Hätte ich etwas gesagt, wäre er noch Jahre später über mich hergefallen und hätte mich daran erinnert, dass ich seine Chancen zunichtegemacht hatte, aus unserem Loch herauszukommen und unsere Lebensqualität zu verbessern.

An unserem letzten Tag in Berlin machten wir uns auf die Suche nach dem Ort, an dem sich Heinrich von Kleist mit seiner Freundin das Leben genommen hatte. Der Grabstein ist unscheinbar und man muss im Wald lange danach suchen. Wir gingen, bis wir ein Schild «Kleistgrab» sahen. Folgten dem Weg hinab bis zu einer Terrasse, die den See überblickt. Der Grabstein ein grauer Steinquader, auf dem ein Vers des Dichters eingemeißelt ist. Wir saßen auf dieser Terrasse im Wald und blickten auf den See. Ziffer nahm meine Hand und sagte: «Ich weiß nicht, was ich ohne dich machen würde.» Und nach kurzem Schweigen fügte er hinzu: «Nie werde ich es schaffen.»

Ich denke, er wollte sagen, dass er niemals so groß sein

würde wie Kleist. Um ihn zu trösten, sagte ich: «Ich könnte hier den ganzen Tag sitzen, du nicht?»

Plötzlich tauchte auf dem Weg eine Gruppe von Schulkindern auf und verteilte sich wie ein Schwarm Enten über das eingefriedete Grabplateau. Die Lehrerin brachte sie zum Schweigen und gab Anweisungen, sie sollten sich im Halbkreis um den Grabstein setzen. Einige Mädchen sahen uns an, flüsterten sich gegenseitig etwas ins Ohr und kicherten. Ich weiß nicht, warum, aber in jenem Augenblick sagte ich zu ihm: «Du musst schreiben, um Erfolg zu haben. Wir müssen zurück nach Hause. Ich bin ein hoffnungsloser Fall, ich werd nichts mehr aus mir machen, aber du, wenn du nicht schreibst, geht alles verloren. Wir müssen nach Hause.»

Zur Situation der Homosexuellen in Israel
Ein von Ziffer in Berlin gehaltener Vortrag

Im Mai 1981 griff eine Gruppe von Homosexuellen einen Streifenwagen der Polizei an, der im Unabhängigkeitspark in Tel Aviv patrouillierte. Unter dem Vorwand, sie suchten nach Arabern aus den besetzten Gebieten, die sich illegal in der Stadt aufhielten, umstellten die Polizisten ein großes Gebüsch und forderten alle auf, die darin fickten (so brüllten sie durchs Megafon), die Hosen hochzuziehen und mit erhobenen Händen herauszukommen. Die Polizisten stellten die Betreffenden in einer Reihe auf, leuchteten ihnen mit Stablampen ins Gesicht und verlangten von allen, Ausweispapiere vorzuzeigen. Einer der Männer lehnte es ab, sich auszuweisen, und sagte: «Wir sind keine Araber, lasst uns in Ruhe.»

Als einer der Polizisten auf ihn losging und ihn am Kragen packte, brach der Tumult los. Ein Muskelprotz namens Jossi, Lkw-Fahrer und Stammgast im Park, rammte einem der Polizisten seine Faust ins Gesicht. Ein anderer Polizist wurde durch zwei bekannte Gesichter aus der Szene, einen Jeschiwastudenten und einen Architekten aus Haifa, gegen einen der Bäume gepresst. Vier Tunten drohten, den Streifenwagen umzukippen, und schrien «Warschauer Gettoaufstand».

Die im Streifenwagen gefangene Polizistin flehte, aussteigen zu dürfen, bis die Sirene eines zweiten, zu Hilfe gerufenen Streifenwagens ertönte. Letztendlich sollte sich herausstellen, dass die ganze Polizeihetzjagd nichts anderes als ein Spaß durch Freiwillige der Bürgerwehr war, ein bitterer Scherz, der durch die Medien totgeschwiegen werden würde. Aber für uns wurde diese Nacht zu einem historischen Datum, das als «Gettoaufstand» in die Annalen der *community* einging, als israelischer «Christopher Street Day».

Das Gerücht von dem Aufstand verbreitete sich wie ein Lauffeuer und einige Tage lang blieb der Park verwaist, aus Furcht vor einer Überreaktion der Polizei. Aber wie sich bald zeigen sollte, waren gar keine Razzien geplant und der unerwartete Protest bestärkte sie erst recht darin, alles zu tun, damit sich die Wogen wieder glätteten. Wir hatten gesiegt! Als Jossi, der Lastwagenfahrer, der zum Held des Aufstands geworden war, an Aids erkrankte und starb, wurde seine Beerdigung zu einer Demonstration des Stolzes. In seiner Trauerrede sprach der Vorsitzende des Vereins für Bürgerrechte davon, wie demütigend es für die Homosexuellen in Israel sei, ihr Privatleben nicht nach eigenem Gusto führen zu dürfen, obgleich sie in der Armee gedient haben wie alle anderen auch.

Auch für sich genommen war Jossi eine interessante Gestalt und hätte noch viel für die homosexuelle Sache tun können. Als wir ihn kurz vor seinem Tod besuchten, war er so abgemagert und schwach, dass nichts mehr an den befreienden Helden erinnerte. Seine Hände zitterten unter der Decke und er meinte: «Dass nur dieser ewig lange Winter zu Ende geht und wir im Park wieder einen draufmachen können. Wir Mädels haben den Winter immer gehasst.»

Die Idee einer homosexuellen Widerstandsbewegung hingegen belustigte ihn. «Wie werde ich denn mehr diskriminiert, als verfickter Sepharde oder als verfickter Schwuler?» Aber nach seinem Tod, im Haus seiner Mutter in Givat Shmu'el, war ausgerechnet sie es, die von uns verlangte, wie sollten aufhören Weiber zu sein und zu «Pantern» werden, damit sie wenigstens wüsste, dass Jossi nicht umsonst gestorben sei.

Dann kam der Frühling und der Park füllte sich wieder mit Freude und ich traf Jo, meinen heutigen Lebensgefährten, der gezwungen ist, langmütig all meine Eskapaden zu ertragen. Wir wurden Freunde und der Egoismus und die Annehmlichkeiten der Zweisamkeit erwiesen sich stärker als jede öffentliche Verpflichtung.

Aber einiges ist trotz allem erreicht worden. Der kleine Nukleus des «Aufstands» hatte seinen Einfluss auch auf andere und ganz allmählich betrachtete man uns nicht länger als Kranke und Perverse, weshalb auch wir uns selbst nicht mehr als solche sahen. Homosexuelle Psychologen und Psychiater, die als Gesundheitsoffiziere ihren Reservedienst ableisten, bemühen sich nach Kräften, es den Wehrpflichtigen, die sich als homosexuell outen, leichter zu machen, und verlangen nicht mehr jene demütigenden Nachweise, die früher von den jungen Männern gefordert wurden. Doch sosehr derartige Phänomene auch schwinden oder weniger werden, die Armee bleibt das größte Hindernis, das sich einem israelischen Homosexuellen in den Weg stellt, wenn er im Begriff ist, seine sexuelle Identität zu verwirklichen.

Die Armee ist ein Sammelbecken männlicher Stereotype, mit allen daraus resultierenden Konsequenzen für Abweichler. Ich erinnere mich an die Beleidigungen, die ich während meines Militärdienstes durch alle möglichen fragwürdigen Typen einstecken musste, nur weil ich für ihren Geschmack zu weiblich und zu weich wirkte. Einige von ihnen waren selbst homosexuell und suchten sich ein Opfer, einen x-beliebigen Schwulen, um sich in Abgrenzung zu ihm mit ihrer Männlichkeit zu brüsten. Zwei dieser Fehlfarben traf ich später im Park und keiner von ihnen erinnerte sich auch nur im Geringsten an solche Niederträchtigkeiten. Der eine pflegte mich «Kuvertürejüngling» zu nennen, wegen der Schokolade, sozusagen, die den Penis nach dem Analverkehr bedeckt. Der andere war ein Fahrer, der versucht hatte mich in den Wachnächten zu verführen, und meine Zurückweisung als die typische Überheblichkeit der Aschkenasim auslegte.

Ich bin diesen Männern nicht böse, die in gesellschaftlichen Konventionen gefangen waren. Im Gegenteil, ich ziehe ihre ehrliche und bodenständige Grobheit dem geborgten, kokettierenden Slang der schwulen *community* von heute vor, der sich in Selbstgefälligkeit und Gefallsucht ausdrückt, die nicht weniger schlimm sind als der von mir zuvor beschriebene homophobe Wahn. Denn im Unterschied zu der wirklichen Verbesserung, die sich in der westlichen Welt im Umgang mit den Homosexuellen vollzieht, haben wir hierzulande nur die äußerlichen Manieriertheiten einer solchen Offenheit adaptiert, ohne dabei jedoch auf die Homophobie zu verzichten, auf welcher die israelische Gesellschaft seit eh und je gründet, die eine Gesellschaft war und geblieben ist, in deren Mittelpunkt kämpfende Männer stehen. Im Rahmen der postkapitalistischen Spielregeln jedoch muss der Staat Offenheit demonstrieren, eine Atmosphäre der Unverkrampftheit schaffen, um Nervosität am Markt zu verhindern - allgemein bekannt ist ja, dass Homosexuelle im Konsum von Luxusartikeln einsame Spitze sind - und um die fortdauernde Unterdrückung zu verschleiern, die diese Gesellschaft gegenüber verschiedenen ihrer Bevölkerungsteile praktiziert, so etwa den Arabern. Was also liegt näher, als eine harmlose Minderheit zu protegieren, jene Kategorie schwuler Boutiquenkenner, stilsicherer, feingeistiger Homos, synthetisch und konformistisch, die ungewollt zur Faschisierung Israels beitragen durch den Hedonismus und Hang zur Ästhetisierung, den sie sich auf die Fahne geschrieben haben, ihre politische Faulheit und ihre Liebe zur Bequemlichkeit, die nach und nach zu Synonymen für «Gays» geworden sind?

Wohin aber sind die einsamen, an Enttäuschungen gewöhnten Homos verschwunden, jene, die nicht auf Modenschauen abgelichtet werden, deren Leben auf der

Suche nach der einen, der wahren Liebe verrinnt, und denen der göttergleiche Jüngling, den sie sich mit in die Wohnung genommen haben, bei seinem Abgang das Portemonnaie stiehlt? Wo sind jene, die auf das Klingeln dessen warten, der versprochen hatte anzurufen, um es dann zu vergessen? Wo sind sie, die auf ausgetretenen Pfaden den Unabhängigkeitspark durchstreifen, eine weitere Runde drehen, eine wirklich allerletzte? Welche Erlösung, welche Erleichterung vermögen ihnen die Anzeigenseiten der Szeneblättchen und die heißen Rufnummern zu verschaffen? Nicht die geringste, nur noch mehr Illusionen und Enttäuschungen, denn am Ende des heißen Telefonats muss man sich noch immer in wenig stolzer Manier auf eine öffentliche Toilette stehlen, finstere Ecken und öffentliche Parkanlangen frequentieren, sich im Schlamm wälzen und in Hundehaufen treten, um die Liebe zu finden, die es noch immer nicht wagt, ihren Namen zu nennen.

*

Niemand zwingt mich, über mein Leben mit Jo zu erzählen, aber mir scheint, dass ein Schriftsteller, der sein entblößtes Herz zeichnen möchte, um den Titel von Baudelaires Tagebuch zu verwenden (das, wenn ich mich nicht täusche, auch seine Wäschelisten enthält), besser ehrlich mit sich und seinen Lesern sein sollte, und sei es nur, um bei den Connaisseuren unter seinen Lesern Erfolg zu haben, die, bekanntermaßen, sehr sensibel für jedwede Verfälschung sind.

Die Liebe zwischen Jo und mir kann zu jedem Moment

in Hass umschlagen und es gibt keinerlei Garantie, dass er mich nicht eines Tages umbringt, meine Manuskripte stiehlt oder beides auf einmal tut. Als Homosexueller bist du ganz und gar der Gnade deines Gefährten ausgeliefert und kannst jeden Abend nur hoffen, dass du am nächsten Morgen heil und gesund wieder aufwachst. So wurde zum Beispiel der griechische Autor Kostas Tachtsis, ein wunderbarer Schriftsteller, der hierzulande leider fast völlig unbekannt geblieben ist, durch einen Menschen ermordet, den er für einen Freund hielt; und da wäre auch noch Pasolini, bei dem mir allerdings die genauen Umstände seines Todes nicht bekannt sind, weshalb es durchaus möglich ist, dass er diesen selbst herbeigeführt hat. Solche Beispiele lassen mir keine Ruhe und auch die traurigen Geschichten nicht, die ich in meinen Gesprächen mit enttäuschten Schwulen sammle, die nach Monaten und zuweilen sogar nach Jahren des Zusammenlebens von ihren Partnern geschlagen, ausgenutzt und beraubt worden sind.

Ich bin daher auf das Schlimmste eingestellt.

Die Leiche wird morgens durch unsere Nachbarin Frau Clementine entdeckt, die bereits den Verdacht hegt, in unserer Wohnung stimme etwas nicht, und die ihre übliche Runde durch das Haus zum Eintreiben der Abgaben an das Hauskomitee nutzt, um ein für alle Mal zu klären, was die von dort dräuende, beklemmende Stille zu bedeuten hat. Sie klingelt, klopft immer wieder an die Tür, neugierige Nachbarn treten ins Treppenhaus, die sie gleich rekrutiert, und mit gemeinsamen Kräften bricht man die Tür auf. Der Geruch schlägt ihnen ins Gesicht. Frau Clementine arbeitet sich vorsichtig in Richtung

Schlafzimmer vor. Ein Schrei bricht sich aus ihrem Mund. Sie hält sich am Türrahmen fest, um nicht zu stürzen. Die Nachbarn lugen hinter ihr in das Zimmer, das sie sich in ihrer Fantasie immer rosafarben und mit Spitzen verziert vorgestellt haben, und erfassen wie sie das entsetzliche Schauspiel. Frau Halter von unten sagt, sie habe schon immer behauptet – was aber niemand habe hören wollen –, dass solche Leute nicht in Gesellschaft normaler Menschen wohnen dürften.

Interessant festzustellen, dass der Anblick des Leichnams, so schrecklich er auch wäre, bei den Nachbarn nicht das Grauen und die Ängste wecken würde, die sie mit Sicherheit beim Anblick einer Leiche im Kino verspüren. Im wirklichen Leben erscheint alles still und statisch und kein Drama spielt sich ab, abgesehen nur von Frau Clementines Frage: «Wo ist der andere?» Denn ihr käme niemals in den Sinn, dass «der andere», sprich Jo, der Täter sein könnte, er ist so weich, höflich und ergeben.

Zeitpunkt des Todes: Zwischen Mitternacht und zwei Uhr morgens, rund sechsunddreißig Stunden vor dem Fund der Leiche.

Todesursache: Ein Schlag mit einem stumpfen Gegenstand auf den Hinterkopf, der die Schädeldecke zertrümmert hat, usw.

Geschlecht des Opfers: Männlich.

Alter des Opfers: Relativ jung.

Den Jargon dieses Protokolls habe ich, in völliger Unkenntnis der üblichen Formulierungen, frei erfunden. Der Clou der Geschichte aber ist, dass der gesamte Text auf einer Diskette gespeichert ist, die ich unter die linke Schublade meines Schreibtisches kleben werde, was Jo dann zu guter Letzt überführen soll. Aber nicht sogleich, Jo wird noch Gelegenheit finden, sich ins Ausland abzusetzen und dort ein neues Leben zu beginnen, bis zu seiner Verhaftung. Doch auch dann wird es ihm gelingen, die Richter zu einem milden Strafmaß zu bewegen, indem er mich als Monster darstellt.

Schaut mich an: Bin ich ein Monster? Der Pathologe im Gerichtsmedizinischen Institut untersucht mich gründlich. Unangenehm, dass er mir auf die Schamteile starrt, aber was kümmert mich das eigentlich noch? Soll er ruhig hingucken, ich hab nichts, was er nicht auch hätte, außer einer kleinen Hautreizung links im Schritt, die er vielleicht nicht einmal bemerken wird. Viel unangenehmer ist mir, dass er meinen Bauchansatz sieht, der vielleicht für mein Alter noch nicht mal besonders groß ist, aber es heißt, der Körper blähe sich nach dem Tod auf. Er wird mich auf den Bauch drehen und nach «Anzeichen von Penetrationen des Anus» suchen. Wie erniedrigend das ist, auch wenn ich sicher bin, dass das Ganze für ihn eine Routinesache ist, und hoffe, dass er seinem Assistenten gegenüber keine Bemerkungen oder gar einen dieser schmutzigen Witze machen wird. Erzählen Ärzte wohl wirklich diese anzüglichen Witze, die ihnen ständig in den Mund gelegt werden? Glücklicherweise bin ich einem humorlosen russischen Arzt in die Hände gefallen, der seine Arbeit nicht mag und seinen Bericht mit aller Lakonie verfasst, in der Handschrift eines Neueinwanderers, und dabei meinen Namen entstellt, was im weiteren Verlauf der Untersuchung und des Gerichtsverfahrens später noch zu Schwierigkeiten führen wird.

Ich bin kein gewöhnlicher Toter, ich bin Schriftsteller,

zwar kein ganz berühmter, aber jeder Polizeiermittler wird erfreut sein, meinen Fall zu übernehmen, um sich selbst einen Namen zu machen. Die Frau des Ermittlers unterrichtet als Lehrerin Literatur an der Schule, hat mein letztes Buch und die Interviews mit mir in den Zeitungen gelesen, und sie wird ihren Mann ermutigen, in der Sache nicht nachzugeben. «Vielleicht war er aidskrank und hat sich das Leben genommen, als er es wusste?» Diese Vermutung äußert sie ihm gegenüber auf Englisch, damit die Kinder nichts mitbekommen, doch die älteste Tochter lernt bereits Englisch und fragt, von wem die Rede sei, worauf ihre Eltern schnell das Thema wechseln.

Über all dem gerät der andere Hauptdarsteller des Falles ganz in Vergessenheit, der Mörder, der inzwischen bei einem gemeinsamen Freund von uns in Berlin-Moabit lebt, nachdem er ihm eingeredet hat, wir hätten uns nur eine Zeit lang getrennt, damit ich mein Buch beenden könnte. Ein schlechter Witz, da sich das Manuskript des Buches, die Diskette und der Ausdruck, in seinen Händen befinden. Jos Kaltblütigkeit ist phänomenal. Anders als immer in Romanen zu finden, ist der Mord nicht in seinen Augen zu lesen. In der traditionsreichen Konditorei «Baumkuchen» gleich um die Ecke bestellt er sich Kaffee und Kuchen, lässt sich von der neu konzipierten Dauerausstellung im Deutschen Historischen Museum beeindrucken, kauft sich einen Veranstaltungsführer und bemüht sich, kein wichtiges kulturelles Ereignis zu versäumen. Nur eines ist in ihm abgestorben: das sexuelle Verlangen. Die Anzeigen der Clubs, in die zu gehen er mich bei unserem letzten Besuch in Berlin noch pausenlos bestürmt hatte, würdigt er nicht mal eines Blickes. Sich mit Fremden in einem der *Dark Rooms* der Bars wiederzufinden macht ihm Angst, und mit einem Mal empfindet er Ekel bei dem Gedanken, fremde Hände könnten ihn in der Dunkelheit berühren. Sein Gastgeber, wie gesagt ein gemeinsamer Freund von uns beiden, schreibt dies seiner Treue zu mir zu.

Jo ermordet mich, weil ich immer älter, hässlicher und abstoßender werde. Nachts schnarche ich, werde kahl, verfette, und er will mich jung oder gar nicht. Fast könnte man meinen, er selbst sei ein Apollo! Ganz und gar nicht: Erstens ist er sehr weiblich, kein kleiner Makel, wenn man ihn in Gesellschaft vorstellen möchte, und er hat eine dünne, näselnde Art zu sprechen, die er selber gar nicht bemerkt - wenn ich Anrufe bekomme, die mit meiner Arbeit zusammenhängen, und ihm den Hörer aus der Hand reiße, versteht er nicht, warum. Zweitens ist er sehr behaart und nicht jeder liebt diese Kombination: weiblich und behaart. Mich persönlich stört das nicht, aber nicht alle sind wirklich begierig darauf, ihr Leben mit einer Äffin zu verbringen. Kurzum, damit er einem griechischen Gott ähnelte, müsste man ihn länger machen, seine Stimme verstärken, ihn wo nötig rasieren, und außerdem, nimmt man es ganz genau, würde es sich lohnen, seinem Schwanz eine hübschere Form zu verpassen, der zwar weder klein noch krumm ist, dem aber irgendetwas fehlt, um ihn wirklich erhaben und begehrenswert zu machen.

Sein größter Nachteil jedoch ist nicht das Aussehen, sondern sein Verhalten, vor allem sein Reinlichkeitswahn. Wie oft am Tag kann man die Toilette putzen? Wie viele Male die Unterwäsche wechseln? Mir ist untersagt, im Stehen zu pinkeln, weil dadurch die Kloschüssel vollgespritzt wird, ich darf nicht duschen, weil das Kalkränder auf den Kacheln hinterlässt, darf nicht in Unterhose im Wohnzimmer sitzen, weil der Schweiß Flecken auf dem Sofabezug macht. Und wenn ich es wage zu rebellieren, sagt er, man sehe mir an, dass ich aus einer Familie von Schmutzfinken komme und dass meine Mutter niemals «Herrin des Hauses» gewesen sei.

Im Bett aber verkehrte Welt: Er, der Reinliche, leckt mir den Anus. Okay, das leichte Kitzeln hab ich sogar ganz gern, aber er schiebt auch noch den Finger rein und leckt ihn ab. Und nicht nur bei mir – Typen, die ihn vor mir gekannt haben, haben mir erzählt, dass das auch bei ihnen der Fall gewesen sei, dass er das mit jedem gemacht habe! Im Park hatte er den Ruf weg, nicht stubenrein zu sein – ein Freund warnte mich sofort: «Er ist krank im Kopf», meinte er zu mir, «lass es bleiben.»

Zum ersten Mal traf ich Jo im Bus Nummer 5. Es war ein heißer Tag und er stand in einem ärmellosen T-Shirt neben mir, und als er den Arm hob, um sich an der Haltestange unter der Decke festzuhalten, konnte ich meine Augen nicht von den Haaren unter seinen Achseln lösen, die der Schweiß gescheitelt hatte. Er sagte, er führe in die Bibliothek an der Universität, woraus ich schlussfolgerte, dass er Student sei, und sagte, ich müsse ebenfalls zur Uni. Am Ende landeten wir in seiner Wohnung.

Mein erstes Buch, «Ein Vogel im Haus», versah ich mit der Widmung an «einen Freund, ohne den ich dieses Buch niemals geschrieben hätte». Tatsächlich muss ihm zu Ehren gesagt sein: Er hat wie ein Löwe darum gekämpft, dass ich es zu Ende bringe, hat mich überredet, nicht aufzugeben, und Gott ist mein Zeuge, dass es nicht wenige Augenblicke von Resignation gab. Als das Buch erschien und die Kritiken folgten, schlug er vor, wir sollten gemeinsam jeden kaltmachen, der eine negative Kritik schriebe. Er entwarf einen detaillierten Plan, der mich eine Zeit lang von den Schmähungen ablenkte, die ich Woche für Woche durch die Kritiker einstecken musste. Doch ausgerechnet die negativen Kritiken bescherten mir Erfolg. Ich hatte Auftritte im Fernsehen, wurde zum schwulen Vorzeigeschriftsteller des Staates! Jedes Mal, wenn irgendein Idiot in der Knesset oder in der Regierung etwas über uns sagte, interviewten sie mich. Nach jenem Bonmot des Präsidenten, für das er trotz allem in die Geschichte eingehen wird, hörte in unserer Wohnung das Telefon nicht mehr auf zu klingeln, und im Radiomorgenmagazin sagte ich, mich kümmere nicht, was der Präsident sage, solange man mich mein Leben in Ruhe leben ließe. Denn ausgerechnet damals hatte ich das Gefühl, es gäbe keine Hoffnung auf Veränderung, und dass es das Beste für mich sei, mich in meine kleine Welt zurückzuziehen und nicht länger meine Zeit zu vergeuden. An Ideen mangelte es mir nicht. Ich dachte daran, die Geschichte der Homosexualität in Israel anhand einer Ecke des Unabhängigkeitsparks zu verfassen. Aber nachdem ich zwei Kapitel geschrieben hatte, musste ich feststellen, dass irgendjemand - ein plastischer Künstler - genau dazu eine Ausstellung gemacht hatte. Zuletzt ist mir die Idee gekommen, einen Roman über Magnus Hirschfeld zu schreiben, den jüdischen Berliner Sexualwissenschaftler, der meinen Vater in die Obhut seines deutschen Geliebten gegeben und ihm dadurch das Leben gerettet hat und der im selben Jahr, in dem der Erste Zionistische Kongress zusammentrat, sein Wissenschaftlich-Humanitäres Komitee gründete, die erste Bewegung für die Rechte der Homosexuellen. Ich hatte vor, ihn mit der zionistischen Bewegung in Verbindung zu bringen, ihn nach Palästina reisen zu lassen und ihn dort in jenem Jahr, in dem er, wenn auch im Exil in Frankreich, verstorben ist, durch die Hand von Juden im Lande Israel zu Tode kommen zu lassen.

Als ich Jo von der Idee erzählte, war er strikt dagegen. Er behauptete, ich würde mich nicht gut genug mit dem historischen Hintergrund auskennen, der ganze Plan sei zu effekthascherisch, und brachte andere sonderbare Einwände mehr vor. Auch danach hörte er nicht auf, mir zuzureden, ich solle die Sache fallen lassen. Ich war verwundert, ja, es erwachte in mir sogar ein unbestimmter Verdacht.

Eines Tages, als Jo einkaufen war, war mir heiß und gegen meine sonstige Gewohnheit suchte ich im Gefrierfach nach einem Eis, denn in der Regel stöbere ich nicht im Kühlschrank, und sei es nur, damit Jo mich hinterher nicht beschuldigt, ich hätte ihm alles durcheinandergebracht oder schmutzig gemacht. Ganz hinten im Gefrierfach sah ich eine verschlossene Tupperdose, mit einem Streifen Isolierband zugeklebt. Ich öffnete sie und entdeckte darin eine Plastiktüte, in der eine zusammengefaltete Fotokopie des Manuskripts von Magnus Hirschfeld und ein Brief von meinem Vater lagen! In diesem Brief bittet er Jo, das seltene literarische Dokument auf jedem nur erdenklichen Weg «vor der Gefahr, dass dieser mir so teure Mensch in Ziffers Händen zu einem Monster wird» zu schützen.

Nachdem ich alles hastig gelesen hatte, verstaute ich die Papiere wieder in der Dose, verschloss sie und verlor Jo gegenüber kein Sterbenswörtchen über die Sache. Anders als sonst gelang es mir, meine Aufgewühltheit zu überspielen - Jo, der immer sagt, ich sei so leicht zu durchschauen wie Wasser, fiel diesmal keinerlei Veränderung meiner Stimmungslage auf. Doch solche Dinge kann man nicht allzu lange in sich hineinfressen, zumal ich Jo wirklich liebe, ihn viel mehr liebe, als er weiß, sodass ich unter der Lüge litt, mit der wir beide lebten. Eines Tages kam es raus, und zwar in hässlicher Form, ohne dass ich es gewollt hätte. Ich war auf dem Klo, und wenn ich auf dem Klo bin, wird Jo unruhig, befürchtet, dass ich ihm die Schüssel einsaue und hinterher nicht sauber mache. Er sagte irgendetwas, worauf ich herausgestürzt kam, ihn an den Haaren packte und ihn - wortwörtlich - zur Toilette schleifte, ihn zwang, in die Kloschüssel zu gucken, und sagte: «Ist das schmutzig? Komm, ich zeig dir etwas noch Schmutzigeres.» Ich schleppte ihn in die Küche, machte das Gefrierfach auf und zog die Dose hervor.

Auf einen Schlag fand er seine Gelassenheit wieder. «Es ist ganz anders, als du denkst», sagte er. «Dein Vater ist einfach enttäuscht von dir als Schriftsteller und hat Angst, es dir zu sagen, weil du zu sehr daran zu knabbern hättest. Es ist sein Recht, das Ansehen von Magnus Hirschfeld zu verteidigen. Vergiss nicht, dass er ihm sein Leben verdankt. Außerdem, wer sagt denn, dass Hirschfeld dein Privateigentum ist?»

Danach kam es zu einer zweiten, wenn auch weniger schweren Krise in anderer Sache. Er teilte mir mit, ich müsse aufhören zu onanieren. Stimmt, ich onaniere und habe mehr als ein Mal mit ihm darüber gesprochen, denn anders bin ich nicht fähig zu schreiben. Er sagte, das sei eine schlimme und beleidigende Angewohnheit. Ich versprach ihm, ich würde mich bemühen, was ich auch wirklich getan habe, und er seinerseits bemühte sich, weniger versessen auf Sauberkeit zu sein, nachdem ich ihm gesagt hatte, dieser Spleen sei vielleicht einer der Gründe für mein Onanieren.

Zwei Tage vor dem Mord erwachen in mir Befürchtungen, Jo könnte etwas im Schilde führen, weil er sich plötzlich übertrieben freundlich verhält. Er schlägt vor, wir sollten in ein Café gehen. Also gehen wir ins «Basel», er trinkt einen doppelten Espresso und ich einen Cappuccino. Er gibt sich alle Mühe aufzufallen, damit man uns zusammen sieht, und als wir Francis und Jankale von ihrer Therapie im Ärztezentrum kommen sehen, springt Jo von seinem Stuhl auf, rennt auf sie zu und lädt sie ein, etwas mit uns zu trinken. Sie sind ein bisschen verlegen, weil wir bloß Bekannte sind und nicht besonders enge Freunde. Zu meiner Bestürzung erzählt ihnen Jo, dass ich schreibe und dass wir, wenn ich das Buch fertig habe, ein Kind adoptieren werden ... Und ich wage nicht, ihn zum Schweigen zu bringen. «Wer würde denn in diesem beschissenen Land einem schwulen Paar erlauben, ein Kind zu adoptieren?», sagt Jankale und ich lasse verlegen meinen Blick durch das Café streifen. Worauf Jo, im Tonfall einer polnischen Schickse, zu Francis sagt: «Schau dir Ziffer an, Süße, man kann sich nicht einen Moment lang in Ruhe unterhalten, ohne dass er nach den Kellnern schielt.» Und Francis, auch keine große Leuchte, lacht.

Jankale, der ein bisschen sensibler ist als er, zupft ihn am Ärmel und meint, die Läden würden bald schließen und sie hätten keine H-Milch im Haus. «H-Milch», sagt Francis und lacht erneut sein debiles Lachen.

Danach schleppt Jo mich zum Gemüsehändler, zum Krämer und dann in die Konditorei. Sogar Churi, der beschränkte arabische Köter, wedelt uns mit dem Schwanz zu. Und ich begreife noch immer nicht, dass Jo Präsenz demonstrieren möchte. Aber zu Hause, als er mich auf den Mund küsst, spüre ich, wie ihm die Lüge aus dem Bauch aufstößt, und ohne ein Wort zu sagen, schiebe ich sein Gesicht von mir weg und beschließe, ihn im Auge zu behalten. Sogleich aber sage ich mir, das kann nicht sein, er ist dazu nicht fähig, und schätze nur, sicherheitshalber, die Entfernung von unserem Bett zum Telefon ab, zum Badezimmer - (warum ausgerechnet zum Badezimmer? Um mit Lippenstift den Namen des Mörders an den Spiegel zu schreiben?) - und zum Arbeitszimmer. Dann kommt mir in den Sinn, dass ich wenigstens meine Texte hätte retten, die Disketten meiner Mutter hätte anvertrauen sollen.

Ich schäme mich für mich selbst, dass ich diese Dinge schreibe. Aber ich bin dazu gezwungen, denn anderenfalls - wie soll man davon erfahren?

Am Morgen dann, niemand hat etwas gesehen oder gehört, nur die Sonne allein weiß es bereits. Die Sonne, die durch die geschlossenen Fensterläden ins Schlafzimmer dringt und auf meinen Leichnam schmale Streifen aus Licht zeichnet, danach weiter bis zum Ende des Flurs wandert und dort einen Punkt auf der Bodenfliese markiert. In der Küche gibt es keine Fensterläden, sodass sie ungehindert auf die Marmorarbeitsplatte klettern kann, den Stuhl streicheln, der meiner war und über dessen Lehne das Küchenhandtuch liegt, um schließlich auf dem an der Wand hängenden Poster zu verharren. Die Farben des Posters sind verblichen und das Papier an den Rändern eingerissen, wie etwas, das wir einander hätten sagen können und nicht gesagt haben, wie die Musik, die wir gemeinsam hätten hören können und nicht gehört haben. Schließlich und endlich hätten wir auch das Buch über Magnus Hirschfeld gemeinsam schreiben können. Hätten zusammen an Altersschwäche sterben können, hätten nebeneinander unter den Zypressen auf dem Friedhof begraben werden können, anstatt dass ich jetzt alleine in diesem Bett liege mit verzerrtem Gesicht, unrasiert, unter den prüfenden Augen unserer Nachbarin, Frau Clementine, die keine falsche Scham kennt, ihren Blick genau auf die richtige Stelle heftet und – laut genug, um auch die Ohren von Frau Halter zu erreichen – murmelt: «Und dafür geben sie ihr Leben her.»

*

Ziffer hat die ganze Nacht geschnarcht wie ein Pferd und ich hab kein Auge zumachen können. Hab ihn geschüttelt, damit er aufhört, er ist aufgewacht, hat irgendwas gemurmelt und weitergesägt. Ich hätte ihn erwürgen können. Hab mein Kopfkissen und die Decke genommen und bin ins Arbeitszimmer umgezogen, um dort auf dem Sofa zu schlafen, aber aus den Polstern kam der Geruch seines Körpers. Also bin ich weiter ins Wohnzimmer, hab aber auch dort keine Ruhe gefunden. Am Ende hab ich's aufgegeben und beschlossen, heut Nacht eine kleine Privatparty zu feiern. Hab Kaffeewasser aufgesetzt, das Tiefkühlfach geöffnet, die Papiere von Ziffers Vater aus der Tupperdose geholt und angefangen zu lesen. Je mehr ich las, desto mehr hab ich Ziffers Vater recht gegeben, denn ich sah schon Ziffer die Dinge entstellen und Delikatessen im negativen Sinne des Wortes daraus machen. Ich führte die Blätter zur Nase und roch ihr Alter. Ein wertvolles Dokument!, sagte ich mir und vor lauter Stolz, dass Ziffers Vater mir und nicht seinem biologischen Sohn vertraute, stiegen mir Tränen in die Augen.

Wie die Papiere von Ziffer fernhalten? Plötzlich überkam mich die Befürchtung, er könnte sie bereits kopiert haben, als er das Versteckt entdeckt hatte. Sogleich schloss ich diese Möglichkeit aus, denn Ziffer würde sich niemals die Mühe machen, runter in den Schreibwarenladen zu gehen, um Fotokopien zu machen. Wenn er so gewissenhaft wäre, bräuchte er mich nicht, denn wer rennt los, um Rechnungen zu bezahlen, wer rennt zum Supermarkt, ja nicht einmal eine kaputte Glühbirne tauscht er aus. «Komm, wir stellen eine Filipina ein», sagt er immer. Hat keine Vorstellung, was das alles kostet, guckt manchmal, wenn ich vom Einkaufen wiederkomme, auf die Preisschilder und sagt: «Was, Biskuits kosten so viel?»

Ich mache ihm keine Vorhaltungen, solange er sich nicht in meine Aufgaben einmischt, auch wenn er das ein bisschen mehr honorieren könnte, zumal er weiß, dass ich die Möglichkeit habe, mich noch mehr einzubringen. Zum Beispiel hat Kobi, ein Freund von uns, der als Zeitungsfotograf arbeitet, mal die Idee aufgebracht, wir sollten zusammen ein Ethnokochbuch machen. Ziffer verzog nur das Gesicht und meinte zu mir: «Solche Sachen passen zu dir.» Ich hab die arrogante Bemerkung ignoriert und mit Kobi vereinbart, dass wir anfangen daran zu arbeiten. Hab begonnen Rezepte zu sammeln und im Shapira-Viertel eine kurdische Arbeiterküche entdeckt. Aber als ich dann bei Kobi nachgefragt hab, hat er mir zu verstehen gegeben, dass er mit Ziffer arbeiten will und nicht mit mir.

Es gibt eine Grenze, bis zu der ich auf mir herumtrampeln lasse! Natürlich will Ziffer erfolgreich sein, und ich bin der Letzte, der ihm den Weg zum Erfolg verbauen würde, aber wie gesagt, wenn er ein bisschen helfen wollte, hier und dort ein gutes Wort verlieren, könnte er mir unter die Arme greifen. An berühmten Schriftstellern, die ihre Freunde protegiert und ihnen auf die Füße geholfen haben, mangelt es ja wohl nicht. Aber er hat Angst, ich könnte ihm, Gott behüte, Konkurrenz machen, und hat daher eine Theorie erfunden, nach der Begabung aus eigener Kraft den Durchbruch schaffen muss, ohne Krücken. Eine angenehme Theorie für den, der sich schon auf dem Gipfel befindet.

Es stimmt ja, dass ich mich gern verzettele und nicht auf meinen Hintern setze. Das war schon immer mein Problem. Aber ich bin keine Null und niemand wird es schaffen, mir einzureden, ich sei eine Null. Tatsache, dass ich Dschalal ad-Din Rumi übersetzt habe, Tatsache, dass ich, bevor ich Ziffer kennenlernte, unter den Schwestern als gebildet galt. Und plötzlich soll das wie weggeblasen sein? Nein, das Problem liegt nicht bei mir, sondern bei Ziffer und seiner Überheblichkeit. Ich hatte es satt.

Und dann kam mir auf einen Schlag eine Idee, was zu

tun war, um Magnus Hirschfelds Manuskript von Ziffer fernzuhalten, ich meine, es ihm in drastischer, endgültiger, unwiderruflicher Form zu entziehen. Hätte er sich ein bisschen mehr wie ein Mensch verhalten, wäre ich nicht auf solche Gedanken gekommen. Ohnehin hätte er es verdient, dass ich ihn aus der Wohnung werfe, und zwar schon vor geraumer Zeit. Aber was passiert, wenn wir uns streiten? Ich bin es, der die Wohnung verlässt, als gehörte sie nicht mir. Und wenn ich raus bin, kehre ich postwendend zurück, komme regelrecht auf allen vieren angekrochen, denn die Wahrheit ist, dass ich nirgendwo hinkann in dieser Stadt. Freunde haben wir schon fast keine mehr, wegen Ziffer, in dessen Augen der eine beschränkt, der nächste ungebildet und der dritte ein Snob ist. Denn er selbst ist ja der Inbegriff von Vollkommenheit! Shuli, der Einzige, zu dem ich noch Kontakt habe, ist nach der Operation in Deutschland vollkommen neben der Spur. Wenn es nur die Geschlechtsumwandlung wäre, aber jetzt hat er auch noch beschlossen, er will Christ sein, und hat seine Wohnung mit Kruzifixen und Marienstatuen vollgepackt, vor denen er Kerzen entzündet.

Ich zog mich an, nahm das Manuskript mitsamt der Tupperdose und legte dem schnarchenden Ziffer einen Zettel auf die Arbeitsplatte in der Küche: «Bin eine Runde um den Block drehen». Interessant, ob er sich überhaupt die Mühe macht, einen Blick drauf zu werfen. Sicher wird er aufatmen, die Nervensäge los zu sein, aber mal sehen, wer als Letzter lacht.

Auf dem leeren Parkplatz gegenüber brannte noch ein Bücherhaufen. Ich hielt mir die Nase zu und ging hin. Keine Menschenseele war dort. Ich schickte einen letzten Blick in Richtung unserer Wohnung, um zu sehen, ob dort nicht zufällig gerade das Licht angegangen war. Und dann warf ich die Tupperdose ins Feuer, stand mit gesenktem Haupt davor, wie vor einem ewigen Feuer, bis die Flammen das Plastik zum Schmelzen gebracht hatten und sich über die Blätter hermachten. Dann war eine kleine Explosion zu hören und Funken stoben auf – offenbar von der Briefklammer.

Danach wusste ich nicht, wohin ich gehen sollte. In den Park? Aber wirklich, ich war schon seit Jahren nicht mehr im Park gewesen. Nein, ich hatte keine Lust, in dieser Finsternis auf einer Bank zu hocken und mir die anzugucken, die wie Kreisel zwischen den Büschen herumschwirrten. Ins Café Nordau? Ich war nicht sicher, ob es um die Zeit noch geöffnet hatte, sodass ich am Ende trotz allem zu Shuli ging.

*

Vater, sei gegrüßt!

Vor zwei Jahren, bevor ich nach Berlin fuhr, bat ich dich, ja flehte dich sogar an, du mögest mir irgendetwas geben, das dir von Magnus Hirschfeld geblieben ist, einen Brief, ein Stück Papier. Du hast mir damals unmissverständlich gesagt: «Was für ein Papier denn?» Mit genau diesen Worten. «Die Nazis haben alles beschlagnahmt, was ihm gehörte, sogar die Pfeife mit dem Gedicht von Trakl.» Und jetzt plötzlich dieses Manuskript, das du Jo gegeben hast? Mit wem treibst du deine sadistischen Spielchen? Mit mir oder mit Jo? Der Ärmste glaubt, das Manuskript sei authentisch. Was versuchst du zu erreichen? Willst du

Jos Vertrauen gewinnen und uns auseinanderbringen? Habt ihr endlich verstanden, dass Jo bei uns zu Hause der Kerl ist? Vielleicht hat Mutter ja ihre Hand im Spiel: Keiner versteht wie sie Stärke oder Schwäche zu wittern. Sie hat begriffen, dass ihr, um den Kontakt zwischen uns aufrechtzuerhalten, Jos Herz gewinnen müsst. Und wie gewinnt man sein Herz? Man schmeichelt seiner Begabung, spielt mit seinem Minderwertigkeitskomplex. Überhäuft ihn mit Komplimenten und dann, als Zeichen des vollen Vertrauens, das ihr ihm entgegenbringt, gebt ihr den Familiendiamanten in seine Hände, die Gesetzestafeln des Dynastiegründers, die verschollen geglaubte Handschrift Magnus Hirschfelds ... lächerlich! Auf einmal habt ihr all die bitteren Erfahrungen vergessen, die er euch zugemutet hat. Hätte ich nicht gekämpft, dass er sich euch gegenüber gesittet aufführt, hätte er euch einfach ins Gesicht gespuckt. Ich erwarte von euch keine Dankbarkeit, aber sich von mir abzuwenden? Wenn ich nur an all die Male denke, da ich als liebender Sohn gezwungen war, mich mit Jo zu streiten, und jetzt intrigiert ihr gegen mich, euer eigen Fleisch und Blut.

Denn du selbst, Vater, bewahrst in deiner Bibliothek ein Buch von Magnus Hirschfeld auf, das 1933 in der Schweiz erschienen ist, «Weltreise eines Sexualforschers im Jahre 1931/32», in dem sich auch mehrere Kapitel über seinen Besuch in Palästina und seine Gedanken hinsichtlich des Zionismus finden. Sprich, da ist kein Geheimnis und nichts Apokryphes. Was er über Palästina zu sagen hatte, hat er in dem Buch gesagt, was könnte also dümmer sein, als plötzlich ein verschollen geglaubtes Manuskript zu erfinden, das mit anderen Worten sagt, was bereits in jenem Buch steht? Ich habe laut gelacht, als ich, sozusagen, aus dem Munde Hirschfelds las, seine Kenntnisse über das Judentum seien dürftig gewesen. Dabei hat doch Hirschfelds Familie ihn in der jüdischen Tradition erzogen, wenn auch nicht auf religiöse, sondern auf kulturelle Weise. Auch die Feindseligkeit, die er angeblich gegenüber den Sozialisten gehegt haben soll, ist eine vollkommene Entstellung der Wahrheit, denn er war Mitglied der SPD, wurde 1926 in die Sowjetunion eingeladen und stand in den Jahren seines Exils in Paris sogar in engem Kontakt zu kommunistischen Kreisen. All diese Informationen finden sich in einem anderen Buch, das bei dir im Regal steht, «Magnus Hirschfeld: Leben und Werk eines jüdischen, schwulen und sozialistischen Sexologen».

Bitte mach dir nicht die Mühe, mir zu antworten. Es ist dein gutes Recht, mit Magnus Hirschfelds Nachlass zu verfahren, wie es dir beliebt. Und wenn du der Meinung bist, Jo werde unterdrückt und ich tyrannisierte ihn, wie ich ihn mehrfach sich beklagen gehört habe und was ihr ihm geglaubt habt, dann solltest du wissen, dass er das Haus verlassen hat, ohne zu verraten, wohin, und dass das echte oder fabrizierte Manuskript, das du in seine Obhut gegeben hast, mit ihm verschwunden ist.

Ich hoffe, ihr bereut eines Tages, was ihr mir angetan habt, vielleicht ja schon recht bald.

PS: Nach eurem letzten Besuch bei uns habe ich unter der Tastatur des Computers das Kuvert mit dem Scheck über fünfhundert Schekel gefunden. Wann habt ihr es dahingelegt? Hast du, während Mutter das Kuvert bei mir deponierte, Jo das Manuskript von Hirschfeld übergeben? Eure Tüchtigkeit weckt Bewunderung. Ich brauche euer Geld nicht. Vielleicht könnt ihr es Jo zustecken, wenn ihr es schafft, ihn ausfindig zu machen.

Ziffer

Magnus Hirschfeld: Die Homosexuellen in Palästina (1933)
Kapitel 1

Herr Chaim Arlosoroff von der Zionistischen Weltorganisation, der nicht unerheblichen Anteil daran hat, dass es mir gelungen ist, hier in Jerusalem eine Dependenz des «Instituts für Sexualwissenschaft» zu errichten und nach und nach aus Berlin das große Archiv und die Bibliothek des Instituts dorthin zu überführen (wobei die Hauptschwierigkeit die Verschiffung der Kisten mit den Photoplatten darstellt, welche die Berliner Polizei, die überzeugt ist, es befinde sich geheimes Material über Privatpersonen darauf, mir nicht erlaubt, aus Deutschland auszuführen), hat mich gebeten, einen Bericht zur Homosexualität in Palästina anzufertigen. Ein solcher Bericht sei, seiner Ansicht nach, geeignet, dem zionistischen Besiedlungswerk Nutzen zu bescheren. Was mich betrifft, so komme ich schon auf meine Kosten, wenn er nur einen Teil der konservativen Elemente der hiesigen jüdischen Bevölkerung erschüttert.

In all den Jahren der Tätigkeit des Instituts in Berlin habe ich mich nach Kräften bemüht, die Herrschenden dahingehend zu beeinflussen, die Gesetze zur Homosexualität dem Geist der modernen Forschung anzupassen. Mir scheint, es ist mir gelungen, hier und dort Dinge zu ändern, vor allem jedoch das Bewusstsein zu stärken, dass Homosexuelle Menschen sind, die menschliche Zuwendung und Ehrerbietung verdienen. Mit meiner Immigration nach Palästina war es, als habe sich das Rad dreißig Jahre zurückgedreht: Ich befand mich wieder am Anfangspunkt. So entdeckte ich hier eine in ihrer Mehrheit traditionelle Gesellschaft, zerrissen zwischen verschiedenen Volksgruppen und Konfessionen, beherrscht durch eine Kolonialmacht, deren Gesetze zwar aufgeklärt sein mögen, doch in dem hier herrschenden vollkommenen Chaos ist es schwer, Gesetze zur Anwendung zu bringen, die den Bräuchen des Landes denkbar fremd sind. Einerseits findet man hier die Rabbiner und ihre talmudischen Vorschriften, andererseits die Imame und ihre Gesetze, gar nicht zu sprechen von den unterschiedlichen Kirchen, der katholischen, protestantischen und griechischen, in all ihren ethnischen Schattierungen und inneren Strömungen.

Augenfällig ist sogleich, noch ehe man in Einzelheiten geht, dass Palästina ein Land ist, dessen Bevölkerung mehrheitlich aus Männern besteht. Britische Soldaten und die Mitglieder des Klerus sind der eine Pol dieser männlich dominierten gesellschaftlichen Realität. In der zionistischen Ansiedlung in Stadt und Dorf sticht die Minorität der Frauen weniger stark hervor, und dennoch, auch dort sind die Männer in der Mehrheit, da sie – wie in den meisten Auswanderungsgesellschaften auf der Welt – als Vorhut geschickt wurden, allein und ohne Frauen, die ihnen zur Last fallen könnten. Was indes die arabische Population anbelangt, obschon die vielleicht ausgewogenste im Hinblick auf die Geschlechter, so zeigen sich auch ihre Straßen als Orte der Männer, da Frauen in einer traditionellen Gesellschaft wie der ihren keinerlei andere Aufgabe als das Gebären und schwere Arbeit zukommt: Der Fuß einer Frau würde niemals ein Kaffeehaus betreten, ja generell ziemt es sich nicht für eine Frau, das Haus zu verlassen. Mithin scheinbar ein Paradies für Homosexuelle, doch gilt es, sich vor voreiligen Schlüssen zu hüten und die Dinge gesondert zu betrachten.

Wie in meinen früheren Forschungsarbeiten zur Lage der Homosexuellen in Berlin, in Deutschland und Frankreich habe ich auch hier versucht die Wirklichkeit wahrheitsgetreu abzubilden, in ihrer ganzen Vielgestaltigkeit. Ich bin überzeugt, ich hätte das Land durchdringender kennenlernen sollen, ehe ich mich daranmachte, es zu beschreiben, doch war die Zeit knapp bemessen, da Herr Chaim Arlosoroff darum gebeten hatte, das vollendete Schriftstück auf der Sitzung der zionistischen Führung im Juli 1931 präsentieren zu können. Die jüdische Gemeinschaft im Lande befand sich zu jenem Zeitpunkt in einem Zustand äußerster Erregung infolge der Ergreifung des arabischen Verbrechers Abu Shahin durch die britische Polizei, den Prozess gegen ihn und seine Hinrichtung. Abu Shahin, gebürtig aus einem Dorf bei Nazareth in Galiläa, ein geisteskranker Krimineller, der die meiste Zeit seines Lebens erst in türkischen und dann in britischen Zuchthäusern gesessen hatte, war 1929, nach gewaltsamen Zusammenstößen zwischen Juden und Arabern in jenem Jahr, überraschend auf freien Fuß gesetzt worden. Die britische Polizei hatte, so stellte sich heraus, mit ihm eine Übereinkunft getroffen, er solle ihr als Informant in den Dörfern Galiläas dienen, während sie im Gegenzug bei seinen zweifelhaften Geschäften ein Auge zudrücken würde, die bis zu jenem Zeitpunkt aus Hehlerei und Drogenhandel bestanden und in geringem Maße auch Gewaltverbrechen einschlossen, welche vorgeblich «zum Schutz der Familienehre» begangen wurden. Zwei Jahre nach Abu Shahins Entlassung aus dem Zuchthaus jedoch sollte den britischen Behörden die ganze Affäre um die Ohren fliegen, als offenbar wurde, dass Abu Shahin das Wegschauen der Polizei ausgenutzt hatte, um an der Bahnstation von Akko junge Burschen zu verführen - in der Mehrzahl Araber, jedoch auch zwei Juden jemenitischer Herkunft - und sie in sein Haus in Galiläa zu verschleppen. Einige von ihnen ermordete er und einige ließ er frei, nachdem er sich an ihnen vergangen hatte. Denjenigen, die er ermordete, trennte er den Kopf ab, häutete ihr Fleisch, drehte es durch einen Fleischwolf und verkaufte es in kleinen Portionen als Kamelfleisch. Keiner von den Jungen, die er laufen ließ, wagte es, ihn anzuzeigen, aber als der Bach im Sommer austrocknete, fand ein Hirte eine mit Schädeln und Gebeinen gefüllte Grube und berichtete der Polizei davon.

Abu Shahin wurde gefasst und gestand sogleich seine Taten. Er selbst konnte sich nur schwerlich erinnern, wie viele Jungen er ermordet hatte - die Listen zählten zwanzig Vermisste. Herr Arlosoroff deutete mir gegenüber an, die zionistische Führung sei daran interessiert, die Affäre zu benutzen, um bei den britischen Behörden offiziell gegen die heimliche Zusammenarbeit mit kriminellen

Elementen aus dem arabischen Sektor zu protestieren, doch benötige sie zu diesem Behuf verifizierte Angaben, die ihre Behauptung stützten. Ich setzte Herrn Arlosoroff umgehend in Kenntnis, dass ich nicht im Mindesten die Absicht hegte, meine Forschungsergebnisse zugunsten der einen oder der anderen Seite zu strapazieren, und vor allem, dass die Gleichsetzung von Homosexualität und Verbrechen sich als zweischneidiges Schwert erweisen könne, wenn sie politischen Ziele diene.

Hier zeichnete sich der Beginn des Zerwürfnisses zwischen uns ab, das letztendlich die Nichtveröffentlichung des nachfolgenden Dokumentes zur Folge hatte. Herr Arlosoroff war wohl der Meinung, ich würde mich, ohne zu zögern, für die zionistische Sache einspannen lassen, auf Kosten der wissenschaftlichen Wahrheit, und es wäre ihm nicht in den Sinn gekommen, dass meine Studie in Fragen der Homosexualität auch Kritik am Verhalten des jüdischen Bevölkerungsteils üben könnte. Zu seiner Verteidigung ließe sich sagen, dass er fest davon überzeugt war, die Homosexualität sei dem jüdischen Volk im Allgemeinen und dem jüdisch-sozialistischen Siedlungswerk in Palästina im Besonderen fremd. Als Zionist und Sozialist brachte Arlosoroff eine Denkweise zum Ausdruck, die gleichermaßen charakteristisch für Nationalisten wie für Sozialisten ist: Diese wie jene sind einer Meinung, in ihrem ideologischen Rahmen sei kein Platz für Homosexualität. Aus Sicht der Nationalisten ist sie etwas, das die militärische Stärke der Nation und ihre Fähigkeit, sich zu vermehren, schwächt, während sie aus Warte der Sozialisten ein Rudiment bourgeoiser Korruption und Degeneriertheit darstellt.

Schließlich und endlich wurde das nachfolgende Schriftstück der zionistischen Führung niemals zur Vorlage gebracht. Herr Arlosoroff ist der Einzige in der zionistischen Führungsriege, der es gelesen hat, ehe er es mir mit einem höflichen Schreiben versehen zurücksandte, das mich dermaßen indignierte, dass ich mich sogleich hinsetzte und ihm meine Meinung zu Papier brachte über das Schicksal des gesamten zionistischen Siedlungswerkes, sollte dessen Führung tatsächlich darauf beharren, meine Befunde zu ignorieren. Auch schrieb ich ihm, die zionistische Führung vertue damit eine nicht wiederkehrende Gelegenheit, sich integerer als alle anderen Nationalbewegungen der Welt zu zeigen und das Joch der Vorurteile abzuwerfen, die einerseits Früchte der religiösen Erziehung und andererseits der sozialistischen Indoktrination seien.

Meine Worte stießen auf taube Ohren. Am Ende dann wandte sich die zionistische Führung an Dr. Jehuda Friedrich aus Jerusalem, er solle den Abschlussbericht in der Affäre Abu Shahin verfassen. Dr. Friedrich, der aus nicht gänzlich zu klärenden Gründen seiner Stellung an der Universität Basel enthoben wurde, schrieb, was die jüdischen Politiker von ihm erwarteten: eine Farce über die Araber und ihre sexuelle Kultur, die Homosexualität als seelische Störung betrachtete und sie mit einer Neigung zu kriminellem Verhalten in Verbindung brachte. Die *Palestine Post* veröffentlichte den Bericht in Gänze. Dieser sollte sich dem Verhältnis Britanniens zum zionistischen Siedlungsprojekt weder zuträglich noch abträglich erweisen, doch vermehrte er den Hass, der ohnehin schon zwischen Arabern und Juden herrschte.

Wahr ist, dass ich in der Ablehnung meines Berichts durch Herrn Arlosoroff einen tödlichen Schlag für die Tätigkeit des «Instituts für Sexualwissenschaft» sah, das zwar weiter existierte, doch die Hoffnungen, denen ich mich hingegeben hatte, ich könne es als zweites Zuhause betrachten und meine über beinahe dreißig Jahre in Berlin geleistete Arbeit dort fortführen, waren dahin, weshalb ich in tiefe Niedergeschlagenheit versank. Im Geiste sah ich bereits die jüdische Gesellschaft, die im Entstehen begriffen war: eine abscheulich «normale» Gesellschaft, die mit ausgesucht nationalen Parolen das Familienleben lobpreist und das Andersartige ablehnt, das Verborgene, Intime, Individualistische. Ich sah vor meinem geistigen Auge eine Gesellschaft, die auf ihr Schwert und ihren Hass begründet ist, die die Homosexualität für ein krankes Übel hält, das einzig und allein bei dem verhassten Nachbarn existiert, niemals jedoch in ihr selbst. Kein Wunder, dass die Eltern der beiden jungen jemenitischen Juden, die ich über die Art der Beziehung, die sie zu Abu Shahin unterhalten hatten, befragen wollte, mir nicht gestatteten, die beiden zu sehen, und behaupteten, sie hätten bereits alle Einzelheiten bei der Polizei dargelegt. Wahrscheinlich waren mir die zionistischen Drahtzieher zuvorgekommen, die Emissäre Arlosoroffs. Als ich auf meinem Anliegen beharrte, brachen die Frauen des Viertels in Geschrei aus und die Männer kamen mit Knüppeln bewaffnet auf mich zu, um mich zu vertreiben, wobei sie mir in ihrer Sprache eine Verwünschung zuriefen, die so viel wie «Kot auf dem Schniepel» bedeutet.

*

Ich bekam einen panischen Anruf von Ziffer, der zu guter Letzt doch noch die Güte besessen hatte herauszufinden, dass ich bei Shuli steckte. Zwischen all den Marienstatuen und gekreuzigten Jesulein wäre ich fast eingegangen. Natürlich rief er nicht an, weil er Sehnsucht gehabt hätte. Du musst sofort und auf der Stelle nach Hause kommen, sagte er, weil «etwas passiert ist». Ich fragte, ob dieses Etwas mit seinem Vater oder seiner Mutter zu tun habe. In ihrem Alter kann alles Mögliche passieren. Aber Ziffer meinte, es sei etwas ganz anderes, und seine Stimme bebte, ich hatte Erbarmen mit ihm.

Also kehrte ich zurück, aber nicht so schnell wie möglich, sollte er ruhig noch ein bisschen warten. Ich fand ihn auf dem Sofa im Wohnzimmer sitzend, inmitten eines unglaublichen Chaos. Er erzählte, als er gestern Nacht nach Hause gekommen sei (seit wann treibt er sich nachts draußen herum?), habe er entdeckt, dass Diebe in die Wohnung eingebrochen waren und sie systematisch auf den Kopf gestellt hatten, Gegenstände zerstört, zerrissen, umgekippt hatten, den Kühlschrank geöffnet und seinen ganzen Inhalt ausgeräumt hatten. Die aufgetauten Hähnchen und Tiefkühlpackungen schwammen in einer rotgrünen Lache zu den Klängen irgendeines Mozartstücks im Klassikradio. «Was am schlimmsten ist», sagte Ziffer, «man sieht nicht, wie sie reingekommen sind, als hätten sie einen Schlüssel gehabt. Wer kann das sein?» Ich zuckte mit den Schultern und sagte: «Was weiß ich?», so wie er sonst reagiert, wenn ich mal Hilfe brauche. «Treib dich nachts nicht draußen rum, dann kommen auch keine Diebe. Sicher hast du die Tür offen gelassen oder so was.» Ziffer antwortete nicht und schaute mich nur mit einem sonderbaren Blick durch die Finger an, die sein verheultes Gesicht bedeckten. «Du warst die ganze Nacht hier, warum hast du nicht aufgeräumt? Wenigstens das Fleisch und die Tiefkühlsachen?», fragte ich. Ziffer meinte, er habe gedacht, man müsse der Polizei den Tatort unberührt präsentieren. Ich lachte und sagte, die Polizei werde gar nichts unternehmen, und bis sie hier aufkreuzte, wenn überhaupt, könnten die Hähnchen und das Tiefkühlzeug fröhlich Wiederauferstehung feiern. Dann hüpfte ich im Slalom zwischen den herausgerissenen Schubladen zum Badezimmer. Dort stand groß auf den Spiegel geschmiert: «Ziffer der Barsch fickt in den Arsch», mit schwarzem Edding, in verlaufenden Buchstaben.

Im Schlafzimmer hatten sie die Schubladen mit den Unterhosen ausgeschüttet, die Hemden zerknittert, die Socken verstreut. Als ich ins Wohnzimmer zurückkam, fand ich ihn weinend vor, «Nazis», murmelte er, «Nazis».

Trotz des ganzen Durcheinanders, das mal wieder ich beseitigen musste, war ich erfreut, dass er ein für alle Mal gelernt hatte, was es bedeutete, ohne mich zu leben, und wie gefährlich es sein konnte, in dieser Stadt allein zu sein. Entsprechend war das Letzte, was ich von ihm hören wollte, ein Shakespeare'scher Monolog, zumal die ganze Tragödie auch nicht so groß zu sein schien, denn es war alles «under control», wie man so schön sagt – den Computer hatten sie nicht angerührt –; was gab es also für ihn zu heulen, mal ehrlich? Aber er bestand drauf, nur dass er anstatt mit «sein oder nicht sein» mit der Ouvertüre anfing: «Wo leben wir eigentlich?» Und danach eine Salve von Fragen losließ – wie etwa, worin wir uns von anderen unterschieden und was der Unterschied sei zwischen Gut und Böse, zwischen schwarz und weiß. Während er noch vor sich hin schwadronierte, machte ich die deprimierende Entdeckung, dass er trotz allem schon Gelegenheit gefunden hatte, den Boden in der Toilette vollzuspritzen, und das gekräuselte Haar auf den Fliesen bewies, dass Ziffer Ziffer geblieben war. Kurz und gut, ich fing an, hinter ihm und den Einbrechern herzuräumen, denn wer sonst würde putzen, wischen und die Wäsche machen, wenn nicht ich? Aber mitten in der Putzorgie überkam mich plötzlich Mitleid mit ihm, sodass ich ein Taschentuch nahm, mich neben ihn setzte und ihm das Gesicht abtupfte, ihn auf die unrasierte Wange küsste und fragte, ob er ein Glas Tee möchte. «Sollen wir deinen Vater und deine Mutter informieren?», fragte ich. Sein Kopfschütteln sagte Nein.

Und dann erzählte er noch mal, wie er zu nicht später Stunde (Lügner!) nach Hause gekommen sei und gedacht habe, er würde ohnmächtig werden, als er die Tür öffnete. Der Schrei sei ihm im Halse stecken geblieben, wie angewurzelt habe er dagestanden und sei nicht in der Lage gewesen, die Wohnung zu betreten, aus Angst und Ekel bei dem Gedanken, jemand Fremdes sei darin gewesen. «Und ich konnte es niemandem erzählen, weil du nicht da warst. Abends bin ich dann los, nur um dich im Café Nordau zu suchen, bin in den Park und von dort ins ‹Avi's›. Zum Glück hab ich dort Nir getroffen, der mir erzählt hat, er habe von Shuli gehört, du seiest bei ihm. Ich hab Shuli angerufen, aber niemand ist drangegangen, ich hab es wieder und wieder versucht, bis ich dich erwischt habe, wo warst du?»

Furchtbar schlau von Ziffer, mir Schuldgefühle zu bereiten. Schließlich hätte ich ja auch sagen können: «Ziffer, ich hab's mir angesehen, hab zugehört, besorg dir eine Reinigungsfirma, ich geh zurück zu Shuli.» Aber ich bin kein Schwein und er weiß das, also hab ich einfach mein T-Shirt ausgezogen und weiter aufgeräumt. Und während ich ackerte, fand Ziffer ins Leben zurück, fing an, mir Anweisungen zu geben, was zurückzustellen war und wohin und dass ich vorsichtig mit dem Computer sein sollte. Dann brüllte er plötzlich, er habe das Gefühl, sei seien mit einem Hund hier gewesen, denn auf dem Sofa seien Hundehaare. «Vielleicht ist das der arabische Kläffer von der Straße, der ständig fragt, ob es Arbeit für ihn gibt?», meinte ich zu Ziffer, damit er sich nicht den Kopf zerbrach, denn diese arabischen Köter fürchten sich schließlich vor ihrem eigenen Schatten. «Ja und», sagte Ziffer, «willst du mir vielleicht sagen, der Dieb ist nachts mit seinem Hund spazieren gewesen und hat plötzlich Lust bekommen, in irgendeine Wohnung einzubrechen? Ich bin sicher», fuhr er fort, «dass dieser Hund für sie arbeitet.»

Anzumerken ist, dass Ziffer schon seit geraumer Zeit eine Theorie pflegt, Schwule würden insgeheim verfolgt, und die ganze Geschichte mit dem Aids sei die Erfindung irgendeines Fundamentalisten in Amerika, um die Bevölkerung gegen uns aufzuhetzen, zumal ihm jemand erzählt hat, es gäbe beim hiesigen Inlandsgeheimdienst eine Sonderabteilung, die sich um Homosexuelle kümmere. Glück war nur, dass er durch die ganze Sache mit dem Einbruch zu fertig war, um noch die Kraft zu haben, Reden zu schwingen, und während ich auf Knien durch die Eiscremelachen und zwischen Fleischstücken herumkroch und nicht wusste, was ich wegwerfen sollte und was nicht, ließ sich Ziffer vor dem Computer nieder und begann etwas zu schreiben. Er war sicher, dass diejenigen, die bei uns eingebrochen waren, uns ausgespäht hatten, denn wie sonst hätten sie wissen sollen, wann der richtige Zeitpunkt für den Einbruch war, und wer weiß, was sie beim nächsten Mal tun würden, vielleicht kämen sie ja schon morgen, um uns mitten in der Nacht zu massakrieren! Solche und ähnliche Hirngespinste. Und er beruhigte sich nicht, bis er stante pede, in unser beider Namen, folgendes Schreiben an den Polizeiminister aufgesetzt hatte:

Ein offener Brief an den Polizeiminister

Verehrter Herr Polizeiminister,

in der Nacht zu Dienstag, dem 4. Juli, sind Barbaren in unsere Wohnung eingedrungen und haben sie bis zur Unkenntlichkeit verwüstet. Sie haben nichts mitgenommen, da es sich in ihrem Fall offenbar um ehrliche Hooligans handelt. Es sind wohl auch sittlich denkende Hooligans, da ihre unbekannte Hand auf dem Spiegel im Badezimmer den Sinnspruch «Ziffer der Barsch fickt in den Arsch» hinterlassen hat.

Mein Freund und ich wohnen seit Jahren in dieser Wohnung und sämtliche Nachbarn werden bezeugen: Niemals haben wir irgendjemandem Grund gegeben, daran Anstoß zu nehmen, dass wir Homosexuelle sind. Wir sagen ausdrücklich «Homosexuelle» – da wir nicht länger hinter irgendeiner beschönigenden Bezeichnung Zuflucht suchen, denn es ist Zeit, dass jemand endlich das vorsätzliche Wegschauen vonseiten der Polizei anprangert in allen Belangen, die den Schutz für uns, die Homosexuellen, betreffen.

Wir sprechen hier nicht über die kleinen alltäglichen Belästigungen; und auch nicht über die Gewalt durch Jugendbanden, die sich an den Treffpunkten der Homosexuellen einfinden, um uns zu verprügeln, wobei die Polizei, aus irgendeinem Grund, stets zu spät eintrifft; und auch nicht über Polizeieinsätze, die uns angeblich schützen sollen, oftmals jedoch mit überflüssigen Festnahmen aus unseren eigenen Reihen enden. Hier und jetzt möchten wir über die Angst um unser Leben und unsere Unversehrtheit in unseren eigenen vier Wänden sprechen.

So fragen wir uns zum Beispiel, woher die mysteriösen Gewalttäter, die in unsere Wohnung eingebrochen sind, unsere genaue Adresse kannten und warum sie ausgerechnet bei uns «Barsch» und Ähnliches mehr auf den Spiegel zu schreiben beliebten. Ein Zufall offenbar, so hätte man uns bestimmt auf dem Polizeirevier geantwortet, wären wir töricht genug gewesen, den Einbruch zur Anzeige zu bringen.

Wir hätten uns auch nicht die Mühe gemacht, dieses Schreiben aufzusetzen, hätten wir nicht unlängst aus der Presse von Ihrer Initiative erfahren, hochverehrter Herr Minister, eine detaillierte Liste von «Risikogruppen» zusammenzustellen, eine Initiative, so stand es in der Zeitung geschrieben, an der seit über einem Jahr gearbeitet werde und deren Ziel, wie immer, in seiner Scheinheiligkeit ekelerregend wirkt: eine Lokalisierung von «Gefahrenpunkten». Gefahr für wen? Gefahr für was? Sollte die Polizei bereits sämtliche anderen Probleme gelöst haben, dass ihr jetzt nichts mehr zu tun bleibt, als sich mit dem Schutz der Öffentlichkeit vor uns zu befassen, uns, die wir bekanntermaßen ja so gewalttätig sind?! Oder sollte sich dahinter etwa die Absicht verbergen, uns vor der übrigen Bevölkerung zu schützen? Zu einem solchen Schutz wäre nur zu sagen: Gut gemeint, aber nein danke!

Es ist Ihr gutes Recht als Polizeiminister, auf diesem Gebiet zu verfahren, wie immer es Ihnen beliebt. Doch wie in vielen anderen Fällen auch könnte sich der Golem am Ende gegen seinen Schöpfer wenden. Was fiele, im Zeitalter der elektronischen Kommunikation, einer extremistischen und fanatischen Gruppierung leichter, als sich zum Eigengebrauch eine ach so geheime Liste aus der Datenbank der Polizei zu besorgen? Heute lädt man sich die Liste der Homosexuellen herunter, morgen die der «Linken», übermorgen die der Feministinnen ... Erinnert Sie das nicht an irgendetwas?

Doch wir geben bekannt, dass es diesen Elementen, wer auch immer sie sein mögen, sehr schwer fallen wird, uns zu brechen. Wir könnten ohne Weiteres ein Flugticket nach Paris oder London kaufen, aber wir beabsichtigen, hierzubleiben und auf unseren bürgerlichen Rechten zu bestehen, denn dies ist unser Zuhause und wir haben kein anderes. Zwar wären nicht allzu viele betrübt über unseren Weggang und auch nicht über unseren Tod, sollten unsere patriotisch gesinnten Schläger bei ihrem nächsten Besuch Messer mitbringen. Doch trotz und alledem haben auch wir irgendeine Beziehung zu diesem

Land und zu dieser Stadt, zu den hebräischen Liedern im Radio, zum Krach der Espressomaschine im Café an der Ecke Arlosoroff-Ben Yehuda, zum Strand von Tel Aviv, der uns allen gehört, und zum Himmel über uns, den niemand besitzt.

Hochachtungsvoll,
Jo und Ziffer

«Ich bin stolz auf dich», sagte ich zu Ziffer, nachdem ich den Brief gelesen hatte. Ich hatte Tränen in den Augen. «Ich bin stolz auf dich, obwohl du ganz schön übertreibst.» Voller Liebe schaute ich es von ganz Nahem an, dieses Dummerchen, ließ mich dann auf seinen Knien nieder und er streichelte mir den Rücken, kratzte sich am Ohr und bat mich, ich solle es ihm lecken. Er ist dermaßen unschuldig, das ist das Gute an ihm!

Inzwischen war die Küche wieder auf Hochglanz wie immer, als sei gar nichts passiert, nur der Müll musste noch nach unten. Und wer brachte ihn runter? Ich natürlich. Auf dem Weg nach unten traf ich Frau Halter, die erbost auf einige traurige Hähnchenbluttropfen starrte, die aus der Plastiktüte auf die Treppenstufen fielen. Sie stürmte vor mir aus dem Haus und hielt mir nicht einmal die Türe auf. Kuh.

*

Seitdem spielt Jo Verstecken mit mir, kommt nach Hause, brüllt ein bisschen rum wegen der Unordnung und verschwindet wieder; ich hab mich daran gewöhnt, jeden Morgen runter und zum Einkaufen zu gehen, doch dieser kleine Ausflug beruhigt mich und bereichert mich um neue Erlebnisse.

Hinter den Bushaltestellen vor dem Einkaufszentrum «Stadtgarten» etwa gibt es einen Akkordeonspieler. Mir ist aufgefallen, dass er jedes Mal, wenn ich an ihm vorbeikomme, den Takt seiner Melodie dem Takt meiner Schritte anpasst. Anfangs hab ich nicht auf sein Aussehen geachtet. Wer nimmt sich heutzutage die Zeit, einen russischen Straßenmusiker näher zu betrachten, dessen Lächeln sicher von Goldzähnen gekrönt ist und dessen kurze Hosen dünne weiße Beine zur Schau stellen? Aber einmal hab ich eine Zehnschekelmünze in den purpurfarben ausgepolsterten Akkordeonkasten geworfen.

Der Mann hat die Augen von den Tasten genommen und unsere Blicke sind sich begegnet. Das Gesicht eines Jünglings - blondes Bärtchen und in den Augen ein verschlagenes Funkeln. Was will er? Er zieht seine braune Baseballkappe von dem widerspenstigen Stroh, fährt mit der Hand hindurch und sagt in einer Mischung aus Jiddisch und Hebräisch: «Du kannst Foto nehmen. Mache Modell. *Nackt.*» Und lacht ein von Zigaretten geschwärztes Lachen. Ich stelle eine schnelle Gewinn-Verlust-Rechnung auf: Der Body ist der Wahnsinn, wird mich vielleicht ein paar Sachen kosten, die er mir klaut, ehe ich die Augen in einem leeren Bett aufschlage. Hauptsache, Jo wird eifersüchtig werden, wird sein Verschwinden von zu Hause und den Pakt, den er hinter meinem Rücken mit meinem Vater geschmiedet hat, bereuen.

«Dein Name?»

«Sergej», (natürlich).

«Vollkommen ‹nackt›?»

«Pornös», (ein echtes Sprachtalent).

«Wie viel?»

«Hundert Schekel, ein Stunde.»

Und das Hirn arbeitet wie ein Rechenschieber: Mal, geteilt, minus, plus, aber wie ein gleißendes Feuerrad schiebt sich das Bild des muskulösen Hinterns dazwischen, bedeckt von einem goldenen Flaum, der sich bestimmt unter seinen Lumpen da verbirgt, so ein frecher, fester Knackarsch, der leuchtet wie die goldenen Kuppeln des Kremls bei Sonnenuntergang.

Ohne viele Worte zu machen, packt mein Goldenes Kalb seine Siebensachen zusammen und folgt mir. Ich gehe vor ihm her im sicheren Abstand von einigen Schritten. Das Herz schlägt ungestüm, ich bin solche Abenteuer nicht gewohnt. Unter tätiger Mithilfe der Schaufenster in den langen Arkaden der Ibn Givrol (die speziell für Detektivspielchen dieser Art ersonnen scheinen) verfolge ich seine Augen, die alles verschlingen. Die Läden hier waren früher mal prächtiger. Ein beschlipster Wohnungsmakler glotzt wie eine Ölgötze durch die Glasscheibe seines nackten Büroraums, verschanzt hinter einem Regal, auf dem irgendwelche Aktenorder herumliegen. Danach kommt ein Spirituosenladen. Der Russe bleibt stehen und deutet auf eine riesige Flasche Smirnoff Wodka im Schaufenster. Ich schüttle den Kopf. Wir gehen weiter - eine Shawarmabude. Okay, *das* kann er kriegen, wenn er will! Und schon steckt seine Zunge in der Rolle, er lacht und mampft und ich zahle. Dann setzen wir unseren Weg fort, geschützt vor der Sonne, ich vorneweg und er hinterher. Eine unbeholfene Fahrerin erregt den Zorn eines Kurierfahrers: «Geh in die Küche!» Und mein Russe schreitet hinter mir her, ein orthodoxer Pilger. Gleich werden wir das Heiligtum erreicht haben, aber bevor wir die Basel überqueren, vor dem Spielzeugladen, erfasst mich plötzlich Ekel vor dem hier gegebenen stummen Schauspiel. «Fass mich nicht an», sage ich mir und schrecke vor seiner Berührung, die noch gar nicht stattgefunden hat, zurück wie vor Unrat. Vielleicht wegen des Straßennamens Basel, der mich auf einen Schlag zurück nach Europa versetzt, vielleicht auch wegen der ägyptischen Fahne, die auf dem Dach der nahen Botschaft weht. «Das ist hier nicht die Dritte Welt, mein Herr», murmelt mein Herz und betet, er möge nicht länger darauf bestehen, mir nachzulaufen, und dass er mir nicht unversehens sein Akkordeon überzieht, das ihm wie ein Mordinstrument über der Schulter hängt.

Der Gedanke, er könnte über die Schwelle unserer Wohnung treten, auf den Kissen im Wohnzimmer sitzen, ehe die schwarze Schicht, die ihn bedeckt, in eines der Handtücher wandert - all diese kleinbürgerlichen Gedanken schrecken mich nicht ab, aber als ich in der Schaufensterscheibe der Konditorei, in deren Auslagen sich die Tabletts mit salzigem und süßem Gebäck stapeln, seinen einfältigen Kopf entdecke, hypnotisiert von einer mit Rosinen gefüllten Mohnschnecke ...

Ich mache kehrt und strecke ihm hundert Schekel hin. Er guckt erstaunt und greift zu. «Kein Modell - nicht nötig», sage ich und entferne mich, anfangs zögerlich, dann im Laufschritt. Gepriesen seiest du, Ziffer, der du dich nicht hast verführen lassen, auch wenn sich mir im Wind, der durch den Säulengang heranweht und einige hängende Schilder hin und her schwingen lässt, ein weiteres

Mal der Pfad zwischen den Weizenfeldern offenbart, der schon bald in meinen Händen hätte sein können.

Magnus Hirschfeld: Die Homosexuellen in Palästina (1933)
Kapitel 2 – Jaffa und Tel Aviv

Bei meinem Ausbooten in Jaffa, noch ehe sich meine Ohren an das Getöse und meine Nase an den Reichtum der Düfte des Orients, die in der Mittagshitze aufwirbelten, gewöhnt hatten, gewahrte ich zwei barfüßige arabische Jünglinge, die vor mir hergingen und die Hände verschränkt hielten, genauer gesagt die kleinen Finger, bis sie im Halbdunkel eines der Torgänge verschwanden. Ich befragte Herrn Landman, einen der Gehilfen von Herrn Arlosoroff, der zu meinem Empfang gekommen war, was es mit diesem Sich-an-den-Fingern-Halten auf sich habe. Herr Landman antwortete mir mit einem vulgären jiddischen Ausdruck und fügte noch hinzu: «Sie sind alle so.» Aus seiner Erwiderung entnahm ich lediglich, dass die traditionelle Verachtung, welche Juden jedem gegenüber empfinden, der nicht ihrem Volk angehört, hierzulande nicht nur nicht verschwunden ist, sondern im Verhältnis zu den Arabern an Stärke zugenommen hat. Sollten unter diesen tatsächlich mehr Homosexuelle geboren werden als unter den Juden? Gewiss nicht, nur dass der Orient, der sein platonisches Erbe viel stärker bewahrt hat als der von jüdischer und christlicher Morallehre und Frömmelei befallene Westen, homosexuelle Beziehungen und Freundschaft unter Männern weit weniger streng betrachtet, ja man kann sogar sagen: sie als Schritt zur Mündigkeit und als zeitweiliger Ausweg zur Entladung geschlechtlicher Spannungen ermutigt.

Nachdem ich mit der Stadt ein wenig vertraut geworden war und gelernt hatte, mich im Irrgarten ihrer Gassen zurechtzufinden, kehrte ich zu der vom Hafen ansteigenden Straße zurück, in der ich zum ersten Mal des Jünglingspaares gegenwärtig geworden war. Doch als ich in den dunklen Torgang treten wollte, stellte sich mir eine Art Riese in den Weg mit furchterregendem Blick und knurrte, ich solle ein «Bakschisch» bezahlen, das Zauberwort an solchen Orten. Hernach wies er mich zu einem weiteren Tor, verdeckt durch einen Vorhang, das zum «Hamam» führte. Abermals musste ein «Bakschisch» entrichtet werden und dann gleich noch eines für die Aufbewahrung meiner Kleidungsstücke, für ein Handtuch und Seife, ehe ich in den zentralen Saal des Badehauses geleitet wurde, doppelt nackt mit meinem weißen Leib unter den Einheimischen, die mich mit gleichermaßen erstaunten wie spöttischen Blicken bedachten, da es offenbar nicht Sitte der «Frandjis» (der Europäer) war, diese Örtlichkeit aufzusuchen. Mein Nachbar auf der steinernen Bank, wo ich mich beeilte Platz zu nehmen, um nicht über die Maßen aufzufallen, fragte mich, woher ich stamme, und sagte, als er die Antwort vernahm: «Almaniya, gut, heil Hitler.» Mein Instinkt riet mir, ihn nicht zu korrigieren, wollte ich akzeptiert werden und ihre Bräuche studieren können.

Anders als in Europa, wo die Männerliebe im Verborgenen und begleitet von Ängsten und Schuldgefühlen vollzogen wird, findet man hier nichts, was natürlicher wäre. Auch die Rollenverteilung ist klar: Die sehr Alten und die ganz Jungen nehmen die Rolle der Frauen ein, während die Rolle der Männer mehrheitlich von den gestandenen Mannsbildern ausgefüllt wird, sodass sich einem hier kein natürlicheres Bild bietet als ein Herr mit grauen Schläfen, der sich auf einer steinernen Bank oder dem bloßen Boden der Länge nach auf den Bauch legt und von einem jungen Mann bestiegen wird. Dabei wird der Akt nicht mit Grobheit vollzogen, sondern im Gegenteil mit Zartgefühl und Humor, und zuweilen, wenn der Junge dem Mund des Alten wollüstige Stöhnlaute zu entlocken vermag oder selbst vernehmbar seine Leidenschaft zum Ausdruck bringt, spenden die Anwesenden ihnen Beifall. Begriffe wie «Privatsphäre», «Intimität» und «Scham» haben hier keinen Zugang, und mir will scheinen, dass man auch in Dingen der Schönheit und des äußeren Erscheinungsbildes es nicht zu genau nimmt, denn was den Ausschlag gibt, ist einerseits die Potenz und andererseits das Maß an Hingabe.

Diese Gentlemanspielregeln ändern sich, sobald sich ein Weißer unter ihr Kränzchen mischt. Der Fremde, egal welchen Alters, gilt als «Frau», und keiner von ihnen würde dem Weißen erlauben, ihn zu besteigen, es sei denn, die Rede ist von Geschlechtsverkehr gegen Bezahlung, und auch dabei herrschen klare Regeln: Ich habe hin und wieder englische Soldaten gesehen, die das Badehaus in Begleitung von Jünglingen besuchen, die gegen Lohn oder sonstige materielle Vorteile mit ihnen verkehren. In einem solchen Fall nimmt niemand Anstoß daran, dass ein arabischer Junge für seinen Lebensunterhalt als «Herr» des Weißen arbeitet. Im Gegenteil, oftmals gesellen sich weitere Burschen dazu und bitten den Engländer, er möge sie bei seinen Kameraden empfehlen. Beim Anblick solcher Jünglinge fragt man sich unwillkürlich, ob diese denn tatsächlich der Definition des Homosexuellen nach europäischem Verständnis des Wortes entsprechen, sprich: eine anders geartete sexuelle Minderheit sind, eine Art «drittes Geschlecht». Mitnichten, ihre homosexuelle Welt beschränkt sich allem Anschein nach allein auf die Sphäre des Badehauses, und wenn sie dieses verlassen, sind sie wie jeder Mann, nehmen sich eine Frau, zeugen Kinder, und niemand würde jemals in den Sinn kommen, sie als «Bisexuelle» zu bezeichnen oder sie irgendeiner Verfehlung zu beschuldigen.

Einer der Stammgäste des Badehauses, ein angesehener arabischer Greis, der sich noch an die Tage der Türken erinnert, hat sich mir gegenüber beklagt, seit dem Eintreffen der Engländer herrsche weniger Leben im «Hamam», da die Engländer eigene Vergnügungsstätten hätten, die auch die einheimischen jungen Leute anzögen. Er bezeichnete die Engländer als «Tiere», da sie es vorzögen, ihrem Treiben nachts und im Freien nachzugehen, doch im Schutze der Dunkelheit käme es, der Natur der Dinge entsprechend, vermehrt zu Schandtaten. Nicht selten falle eine Gruppe von Jünglingen über solch einen englischen Soldaten her und raube sein Geld, und da dieser die Tat nicht bei der Polizei anzeigen könne, warte er auf eine Gelegenheit, sich zu rächen. In nicht wenigen Fällen habe die Sache mit einem Mord geendet.

Ich ging dem nach und fand heraus, dass diese nächtlichen Treffpunkte über die gesamte Länge des Küstenstreifens um Jaffa verstreut lagen, vor allem im Bereich der Friedhöfe der Stadt, die sich in unmittelbarer Nähe zum Meer befinden, und dass der Friedhof des Dorfes Sumayil, der sich auf einem Felsen gut eine Stunde Fußmarsch von Jaffa entfernt erstreckt, der belebteste dieser Orte war. Anzunehmen ist, dass diejenigen unter den Soldaten der britischen Garnison von Jaffa, die Männer begehren, jedoch nicht wollen, dass dieses ruchbar wird, diesem abgelegenen Ort den Vorzug geben gegenüber dem eigentlichen Jaffa. Sie sind bereit, sich im Sand zu wälzen und sich ihren Weg durch die Felsen zu bahnen, allein dass man ihrer nicht ansichtig werde. Diese leeren Weiten nördlich von Jaffa haben mithin ihr Gutes, auch wenn es heißt, man könne sicher sein, dass die Juden diese am Ende besiedeln und die gesamte Küstenregion zu einer pulsierenden Stadt machen werden. Was wiederum die Theorie belegt, die ich in meinem Buch «Juden und Homosexualität» (1908) entwickelt habe, dass es die Juden sind, die die Kultur und mit ihr die Unterdrückung des sexuellen Triebs überall auf der Welt verbreiten. Wie auch immer, noch erleben wir Tage unschuldiger Wildheit und diese romantischen Weiten empfangen die Söhne verschiedener Völker in Liebe.

Einem jeden, der behauptet, es gäbe keine Homosexualität unter den Juden, sei folgende Geschichte anempfohlen: Auf dem mit Grabsteinen gepflasterten Felsen, der das Meer überschaut, traf ich einen Berliner Juden, der seinerzeit zu den Besuchern meines Institutes gehört hatte und sich jetzt bereitfand, mich auch hier über die Geheimnisse der homosexuellen jüdischen Welt, auch wenn diese noch klein und dürftig beschaffen ist, ins Bilde zu setzen. Die Mutter des Herrn ist die Witwe eines in Berlin allgemein bekannten jüdischen Musikers, und er, ihr einziger Sohn, weigerte sich zu studieren oder zu arbeiten und trieb sich von morgens bis abends dem Müßiggang huldigend auf den Straßen der Stadt herum. Sie ließen nichts unversucht, bis der Sohn, als er seinen einundzwanzigsten Geburtstag feierte, eröffnete, er sei homosexuell, habe einen Freund und gemeinsam beabsichtigten sie, nach Palästina auszuwandern und dort ein transsexuelles Kabarett zu eröffnen. Aus dem Kabarett indes ist nichts geworden, aber zusammen mit seinem Freund betreibt er inzwischen in der Allenby-Straße in Tel Aviv einen Imbiss mit Wiener Würstchen und hat seine Mutter überredet, ebenfalls ins Land zu kommen. Zu dritt wohnen sie jetzt in der sich rasant entwickelnden hebräischen Stadt. Es sei interessant festzustellen, so sagte er mir, wie sehr dieser Ort, so klein er auch sei, den Charakter einer großen Stadt habe in Bezug auf die Distanziertheit und Förmlichkeit, mit welcher die Bewohner einander begegneten, und auch hinsichtlich der segensreichen Anonymität, die der Einzelne in ihr genieße. In der Straße, in der sie wohnten, frage sie niemand, wer sie seien und was sie machten. Gewiss sei man überzeugt, sie seien Brüder, die mit ihrer Mutter zusammenwohnten.

Auf jeden Fall, so ließ er mich wissen, biete Tel Aviv Menschen eine Gelegenheit, ihre alte Identität aus dem Ausland gegen eine neue, ersehnte einzutauschen, ohne dass es möglich wäre, sie des Betrugs oder der Vorspiegelung falscher Tatsachen zu beschuldigen. Er kenne etwa einen Rechtsanwalt aus Berlin, der seit seiner Ankunft im Lande ein Leben in Ausschweifungen lebe, wie es ihm in Berlin niemals in den Sinn gekommen wäre, und der seine Zeit im Kartenspiel mit britischen Offizieren im Kasino von Tel Aviv herumbringe. Ein anderer, ehedem Chirurg an der Berliner Charité, rühre das Skalpell nicht länger an, sondern wandere mit verblichener Schirmmütze und Bohemeschal in der Öffentlichkeit herum und ziehe von einer Bierstube zum nächsten Café, deren Besitzer ihm in alter Freundschaft verbunden seien und ihn mit einem Glas Bier oder einer heißen Suppe beehrten. Die interessanteste Metamorphosegeschichte von Tel Aviv jedoch ist Hilda, die in ihrem vorherigen Leben in Deutschland ein Mann war und hier ein ziemlich berühmtes Frauenzimmer geworden ist, dem Freundeskreis eretz-israelischer Musik angehört und mit ihrem Hündchen durch die Straßen Tel Avivs spaziert - zu Hause in ihren eigenen vier Wänden indes ist sie ein Mann, doch niemand würde sie hier dafür verfolgen, im äußersten Fall belächelt man ein wenig ihre exzentrische Garderobe.

Wenn es nur gelänge, die natürliche Homosexualität der Araber mit dem subtilen Großstädtertum der jüdischen Bewohner Tel Avivs zu paaren, wäre es möglich, hier eine Rasse von Homosexuellen par excellence zu schaffen, eine schöne und gesunde Rasse, die auf der Welt nicht ihresgleichen hätte. Doch diese beiden Völker scheinen verurteilt, einander in innigem Hass zugetan Seite an Seite zu leben, da es nicht in der Macht der Engländer steht, zwischen ihnen zu vermitteln. Die Schuld daran muss ich jedoch wohl oder übel der jüdischen Seite anlasten, die, anstatt offen für neue Landessitten zu sein, sich in ihre städtischen Manieriertheiten flüchtet, die sie aus Europa importiert hat, und damit droht, dem Land eine scheinheilige Atmosphäre aufzuzwingen, die, nebenbei bemerkt, unter den Homosexuellen weitaus stärker verbreitet ist als unter den Heterosexuellen. Erstere, da von Schuldgefühlen verfolgt, ziehen es vor, in vollkommener Isoliertheit zu leben, ein jeder für sich. In dieser furchtbaren Abgeschlossenheit ihres Lebens jedoch entwickeln sich ganz von selbst all jene sonderbaren Neigungen, die man ihnen für gewöhnlich zuschreibt, wie etwa Prahlsucht oder eine Affinität zur Kunst, vor allem zum Sammeln von Kunstgegenständen, die auf die eine oder andere Weise mit ihrer sexuellen Präferenz in Verbindung stehen. Sind doch Sammlungen griechischer erotischer Kunst und hellenistischer Jünglingsstatuen, schon seit den Tagen Friedrichs des Großen, ein untrügliches Zeichen für verborgene homosexuelle Neigungen. Doch auch das Sammeln von Zinnsoldaten oder ein übertriebener Hang zu Sport und Körperkultur können ohne Zweifel Tarnung einer sexuellen Fantasie sein, die kein anderes Ventil kennt.

An dieser Stelle scheint es angebracht, die Aufmerksamkeit der zionistischen Führung auf ein Phänomen zu lenken, das ihr gewiss entgangen sein dürfte: Wie das militaristische Deutschland hat auch die zionistische Bewegung in all ihren Schattierungen die Errichtung von Jugendbewegungen ermutigt, deren Ziel sein soll, der Jugend zionistische Werte zu vermitteln, doch sind viele ihrer Untergruppen zu Tempeln der Anbetung von Männlichkeit und Männerfreundschaft geworden, was zwar einen kleinen Schritt von aktiver Homosexualität entfernt sein mag, doch zuweilen, wenn auch selten, verwischen sich die Grenzen. Kurze Zeit nach Errichtung der Zweigstelle meines «Instituts für Sexualforschung» in Jerusalem kam ein junger Bursche aus der Jugendbewegung der Arbeitergewerkschaft zu uns und wollte wissen, ob er homosexuell sei. Wie sich herausstellte, hatten die Mitglieder seiner Gruppe in einer der warmen Sommernächte am Lagerfeuer beschlossen, sich nackt auszuziehen, um die Einheit der Herzen untereinander zu stärken. Der Junge, der in seiner Naivität davon überzeugt war, er müsse ganz offenherzig zu seinen Kameraden sprechen, sagte, er könne dem auf keinen Fall nachkommen, da ihm die Betrachtung männlicher Nacktheit als etwas Unmoralisches erscheine. Von jenem Augenblick an war er beständig dem Hohn und Gespött seiner Kameraden ausgesetzt und wurde nach einiger Zeit genötigt, die Bewegung zu verlassen, nachdem ihm dargelegt worden war, in dieser sei kein Platz für Homosexuelle. Ich untersuchte den Burschen und unterhielt mich mit ihm. Er gestand, im Alltagsleben weder zu Frauen noch zu Männern irgendeine Anziehung zu verspüren, aber dass, als er einmal mit seinen Kameraden im Lichtspielhaus einen Film mit der Schauspielerin Pola Negri gesehen habe, er diese im Unterschied zu seinen Kumpanen nicht als Objekt der Begierde betrachtet, sondern sich vorgestellt habe, wie einer seiner Freunde vor seinen Augen mit ihr intim würde.

In der Regel verstehen es die Homosexuellen hierzulande, nicht in derartige Kalamitäten zu geraten, doch zuweilen gibt es kein Entrinnen vor tragischem Straucheln, wie in folgendem Fall, der unter meine Behandlung kam: Die Rede ist von einem Tanzlehrer, der sich auf die Ausrichtung von Volkstänzen in den Kibbuzim und den ihnen angeschlossenen Jugendbewegungen spezialisiert hatte. Ein angenehmer Mensch, ernsthaft, von zionistischen Idealen durchdrungen und vor allem – begabt. Er war auch bei Frauen beliebt und behielt die Hände nicht an der Hosennaht, wenn sich ihm eine Gelegenheit bot. Im Kreise der Jugend wurde er regelrecht vergöttert, und wenn er an den Zeltlagern der Jugendbewegungen als Instrukteur für Volkstänze teilnahm, pflegte er mit den Jungen zusammenzusitzen und zu spaßen, ihren Sorgen Gehör zu schenken. Bis mit einem Mal alles in sich zusammenfiel. Denn während eines Arbeitslagers der Kibbuzjugendbewegung wurde er bei unzüchtigen Handlungen an einem Jungen gefasst. Im Zuge der internen Ermittlung kam heraus, dass er im Verlauf einiger Monate mindestens ein Dutzend Jünglinge verführt hatte. Zwar wurde er nicht der Polizei ausgeliefert, aber die ganze Affäre endete mit seiner vollständigen Verstoßung aus der Gemeinschaft. Ich war einer der Schiedsmänner in dieser Sache, und als ich mich mit Herrn Edelstein, dem Leiter der Kulturabteilung der Kibbuzbewegung, unterhielt, sagte er mir fassungslos: «Ich hätte nie gedacht, dass so etwas möglich wäre ... in solche Niederungen hinabzusinken ...» Es gestaltete sich einigermaßen schwierig, ihn zu überzeugen, dass es die Atmosphäre in der Jugendbewegung war, die ungewollt solcherlei Taten provozierte, ja dass diese genau genommen Resultate des männlichen Beisammenseins wären. Denn in der Tat trifft zu, wie auch Hans Blüher in seinem Buch «Die Wandervogelbewegung als erotisches Phänomen» (1912) schreibt, dass es die aktive Homosexualität ist, die jeder Jugendbewegung zugrunde liegt, auch jedwedem militärischen Milieu.

Ich führte ein langes Gespräch mit dem Tanzlehrer, der wie ein Mensch wirkte, dessen Welt über ihm zusammengebrochen war. Aus Prag gebürtig hatte er schon früh seinen Vater verloren und war in Internaten aufgewachsen. Bis zum Alter von siebzehn galt er unter seinen Kameraden als «unschuldig», weil er sich nicht für die Frage interessierte, wie Kinder geboren wurden, und die derben Witze der anderen nicht im Mindesten verstand. Eines Tages fühlte er, dass er dabei war, sich in einen seiner Mitschüler im Internat zu verlieben. Er wusste, dass er dies unter keinen Umständen jemandem anvertrauen durfte, doch dessen ungeachtet konnte er nicht davon lassen, den anderen zu begehren, und nachts, in seinem Bett, legte er sich verschiedene Listen zurecht, wie er ihm näher kommen könnte, auch wenn in diesen Gedanken rein gar nichts Sexuelles war. Am Ende dann fand sich ein Vorwand, mit ihm Kontakt aufzunehmen, und die beiden freundeten sich eine Zeit lang an, bis klar wurde, dass der Bursche in ein junges Mädchen verliebt war und nicht aufhörte von ihm zu reden. Welch Qualen musste unser tragischer Held erdulden, bis es eines Tages aus ihm herausbrach und er seinem Freund alles gestand. Dieser verlor nicht die Nerven und sagte zu ihm: «Wir können Freunde bleiben, denn ich mag dich, aber Freunde im allgemeinen Sinne des Wortes.» Verzweifelt und gedemütigt beschloss er daraufhin, Prag zu verlassen, und schloss sich, als er vom Zionismus erfuhr, zunächst einer solchen Jugendbewegung in Prag an und gelangte kurze Zeit später mit einer Gruppe junger Männer in einen Kibbuz im Lande Israel.

Letztendlich aber war der Mann gezwungen, das Land zu verlassen, worauf er England als Zufluchtsort wählte, da er gehört hatte, in London könne man ungestört eine homosexuelle Lebensweise pflegen. Dieses Gerücht gründet natürlich auf einem Irrglauben, aber es war unmöglich, ihn von seiner Entscheidung abzubringen.

Im nächsten Kapitel werde ich die homosexuellen Phänomene unter der jüdischen Einwohnerschaft von Jerusalem behandeln. Doch ehe ich dieses Kapitel über Tel Aviv und Jaffa beschließe, muss ich vermerken, dass, wäre mir gegeben zu wählen, wo im Lande ich wohnen wollte, im kleinen und bourgeoisen Tel Aviv oder an jedem anderen Ort im Landesinneren, ich ohne Zögern Tel Aviv wählen würde - um des Meeres wegen. Das Meer ist eine ausgesprochen homosexuelle Sache, so zügellos und frei, so aufreizend. Zu meinem Leidwesen jedoch wurde meinem Institut ein Büro im strengen und zelotischen Jerusalem zugeteilt. Doch darüber, wie gesagt, im nächsten Kapitel.

*

Selbst Ziffers Mutter spürte, dass mit ihrem Sohn in letzter Zeit etwas vor sich ging. Wäre es nicht ernst gewesen, hätte ich sie nicht aus heiterem Himmel angerufen, heute, und sie gebeten, kommen zu dürfen, um mich einmal mit ihr zu unterhalten. Und noch dazu von einem öffentlichen Fernsprecher, weil ich nicht wollte, dass Shuli etwas von der ganzen Sache mitbekam, schließlich gehöre ich nicht zu denen, die ihre schmutzige Wäsche in aller Öffentlichkeit waschen. Ich sagte ihr, sie solle Ziffers Vater erst mal nichts davon erzählen. Sie beruhigte mich: Er sei bereits zwei Tage in seinem Zimmer damit beschäftigt, Magnus mit der kanaanitischen Kriegsgöttin Anat zu verkuppeln.

Ziffers Mutter wischte sich die Hände an der Schürze ab und räumte mir einen der Stühle in der Küche frei, auf denen Kuchenformen standen, die sie gerade aus dem Ofen geholt hatte. Ohne lange Vorreden kam ich gleich zum Thema und sagte, in letzter Zeit sei Ziffer wirklich misstrauisch und regelrecht gewalttätig geworden. Er selbst oder irgendjemand anderes habe ihm in den Kopf gesetzt, es gäbe von Staatsseite irgendeine Geheimpolizei, die Leuten nachstelle, die sie loswerden wolle. Und jetzt, nachdem zufällig bei uns in der Wohnung eingebrochen worden war, denke er, sie hätten vor ihn umzubringen.

Die erste Frage von Ziffers Mutter war, ob zwischen uns alles in Ordnung sei, sozusagen. Ich erzählte ihr, dass er – und das sei am schlimmsten – auch mich beschuldigte, ich machte gemeinsame Sache mit dieser Geheimpolizei, weshalb ich auch auf keinen Fall die Polizei hatte rufen wollen, nachdem die Einbrecher bei uns gewesen waren. Mag ja sein, dass Homo sein gleichbedeutend mit ein bisschen paranoid sein ist, aber bei ihm hat sich das inzwischen zu einer regelrechten Obsession ausgewachsen. Sagen wir mal: Er hört irgendwas im Fernsehen, ja? Gleich springt er auf und sagt zu mir: Siehst du? Ich hab recht gehabt! Und noch ein Beispiel: Mushi und Aki haben vor Kurzem in Tel Aviv einen Buchladen aufgemacht, zusammen mit einem Café, eine schöne Idee. Und sie haben Ziffers Buch ins Schaufenster gestellt – was könnte netter gemeint sein? Aber er, sobald er davon hörte, marschiert hin, zwingt sie, sein Buch aus der Auslage zu nehmen, und beschuldigt sie, sie seien Kollaborateure und Judenräte. Nicht mehr und nicht weniger – Judenräte. Eine

Menge Leute haben langsam spitzgekriegt, dass bei ihm etwas nicht in Ordnung ist, und laden ihn nicht mehr für Vorträge ein oder fragen nach Artikeln an, und jetzt ist er sicher, dass auch sie für diese Geheimpolizei arbeiten.

Plötzlich wurde eine Tür zugeschlagen und wir hörten das Schlurfen von Hausschuhen. Ziffers Vater erschien und wollte wissen, was los wäre, weshalb ich hier sei und ob alles in Ordnung sei. Ziffers Mutter sagte, ich sei gekommen, um ihr das Rezept für Mousse-au-Chocolat-Kuchen zu zeigen, für die Greenbergs, die am Schabbat kommen würden. «Du hast die Greenbergs zum Schabbat eingeladen?» – «Das hab ich dir doch gesagt», beschied sie ihm, und zu mir: «Auch bei meinem verwirrten Professor denke ich manchmal, dass ihm etwas im Kopf rumsaust.»

Ziffers Vater registrierte nicht, dass wir Damen in Ruhe ein Schwätzchen halten wollten, und setzte sich zu uns. Er fragte, ob noch Kaffee da sei und wie es Ziffer gehe und was mit dem Baby sei, das wir adoptieren wollten. Danach erzählte er zum hundertsten Mal seine Geschichten über die Flucht aus der Burg in Deutschland, bis ich wirklich das Gefühl bekam, sein Kopf befinde sich weit, weit weg von hier, jenseits des roten Horizonts, auf dem sich jetzt die Sonne niedergelassen hatte wie ein großer rosiger Hintern. «Fahrt ihr nicht ins Ausland?», fragte er, doch die Antwort hörte er nicht, da sich just in diesem Moment der Geruch jener Nacht in seinem Kopf ausbreitete, in der er auf immer seine Adoptiveltern verlassen hatte, als sie in ihrem Bett schliefen. Und wie der Mond einen versonnenen Blick auf das Land wirft und weiterschläft, so auch Ziffers Vater, er stand auf, spülte den leeren Becher in der Spüle aus und kehrte in seine Kammer zurück, doch nicht, ohne zuvor einen Abstecher auf die Toilette gemacht und bei offener Tür geräuschvoll uriniert zu haben, genau wie Ziffer. Ziffers Mutter flüsterte mir zu, im Gegensatz zu dem, was man gemeinhin sage, dass beim Mann nämlich alles tot sei nach einer Prostataoperation, sei bei ihm alles sozusagen noch mehr erwacht. Aber zurück zu Ziffer und seinem Problem.

Ziffers Mutter war der Meinung, man müsse ihn auf die freundschaftliche Art zu einem Arzt bringen, oder aber einen Arzt zu ihm. Vor allem jedoch müsse erst mal Schluss sein mit dem Schreiben, denn vielleicht sei es das, was ihn in diesen Zustand versetzt habe. «Leicht gesagt», meinte ich zu ihr, «und wenn das nichts bringt ...» – «Wenn das nichts bringt ... es wird schon alles gut werden, Jo, alles wird gut werden», sagte sie. «Ich fühle mich euch so nah, dass es mich schon nicht mehr kümmert, dass Ziffer nicht wie früher öfter zu uns kommt. Du weißt, seinem Vater hat das ziemlich wehgetan, er war an Ziffers Besuche jeden Freitagabend gewohnt. Die Erwartung darauf hat ihm die ganze Woche ausgefüllt ... Ich hab ihm gesagt: ‹Jo hat viel mehr zu bieten, als du es hast. Außerdem ist das nur natürlich, dass Menschen sich in Gesellschaft Gleichaltriger aufhalten und sich nicht mit Greisen wie uns abgeben ...›»

Worauf sie sogleich errötete und mir mit beiden Händen den Mund zuhielt. «Nein, nein, Gott behüte, du musst mir auf so etwas nicht antworten, obwohl ich für mein Leben gern wüsste, was ihr treibt, und es gern auch mal sehen würde, vielleicht sogar ...» Irgendwie störte es mich gar nicht, dass sie so redete, also bat ich um noch einen Kaf-

Name

Vorname

Straße

PLZ Ort

Mail

Illustration: Ralf König / GDICKIHB

Bitte freimachen!

Antwort

Männerschwarm Verlag

Lange Reihe 102

20099 Hamburg

fee, als sie, mit dem Rücken zu mir stehend, hinzufügte, dass bei Ziffer, ihrer Meinung nach, wegen seiner unbändigen sexuellen Fantasie, der Kopf Überstunden mache, um neue Reize zu erfinden.

Ich erwiderte nichts. Was denn, war ich etwa hergekommen, um über Pornografie zu reden?

«Hast du was gesagt?»

«Nein, nichts», sagte ich. Ziffers Mutter verstummte und einen Augenblick später trat sie zu mir, nahm mich fest in den Arm und sagte, «unser Junge». Dann nahm sie Stift und Papier und bat, ich solle ihr das Kuchenrezept für die Greenbergs sagen.

Wir verabredeten, sie solle uns besuchen kommen, um die Lage zu inspizieren und zu versuchen unter vier Augen mit Ziffer zu sprechen.

Und tatsächlich, zu Beginn der darauffolgenden Woche kam sie. Ziffer war schweigsamer denn je. Auf jede Frage, die sie stellte, antwortete er: «Wovon redest du?» Seine Mutter wusste bald nicht mehr, was sie sagen sollte, also redete ich, weil ich das Gefühl hatte, der Raum könnte jeden Augenblick vor lauter Spannung explodieren. Redete über allen möglichen Quatsch, über die Rock-Sängerin Marianne Rosenberg, über die neuen Gardinen für die Küche, über die Kassiererinnen im Supermarkt. Und dann teilte ich ihm mit, ich hätte Karten für die Oper gekauft.

«Ich geh nicht in die Oper», sagte er. «Das weißt du.»

«Glaubst du nicht auch, dass ihr euch mal ein bisschen erholen solltet?», fragte Ziffers Mutter. «Ich hab gehört, es gibt fantastische Angebote für die Türkei.»

«Und das Geld?», fragte Ziffer.

«Dein Vater und ich haben beschlossen, dir ein vorzeitiges Geburtstagsgeschenk zu machen, wenn du willst.»

«Ich will nicht.» Ziffer starrte mich an.

«Dann nicht», sagte ich und zuckte mit den Schultern. «Aber du wolltest doch schon immer mal nach Istanbul, oder?»

Ziffers Mutter wartete die Antwort ab und in der Zwischenzeit erzählte sie über den Besuch der Greenbergs am Schabbat und über die Diskussion, die Ziffers Vater mit Ruchama Greenberg über die Religiösen gehabt hatte. Ruchama hatte gesagt, ohne die Religiösen würde das *Volkisrael* schon nicht mehr existieren. Und Ziffers Vater hatte erwidert, «zur Hölle mit deinem *Volkisrael*», und dann eine Rede geschwungen über das Judentum, das uns zu einem Volk von Kastraten, von hässlichen, gebeugten Vögeln gemacht habe. «Es war richtig was los», resümierte Ziffers Mutter. «Nu, was sagst du? Denkst du drüber nach und sagst uns dann Bescheid?», rief sie Ziffer zu, ehe sie zur Tür raus war.

Nachdem sie gegangen war, herrschte bleierne Stille. Ich ging in die Küche, um das Geschirr zu spülen, das sich aufgetürmt hatte, und Ziffer kehrte zurück an seinen Computer, bis ich ihn schreien hörte und fragen, ob ich etwas an seinem Rechner geschrieben hätte. «Nein», sagte ich, «warum?» – «Die Tastatur hakt», brüllte er, vor Wut kochend. «Und ich kann nicht arbeiten. Kein H, kein O, kein M, kein O.»

«Güle, güle und ab in die Türkei», sagte ich und schwenkte den dickbauchigen Köder direkt vor seinem Maul, «gib die Tastatur in Reparatur, und wenn wir zurückkommen, ist sie wieder heile.»

Kindheitserinnerungen von Ziffers Vater (Ein Kapitel, das nicht in «Götter und Helden» Eingang gefunden hat)

Meine kleine Schwester Ita, noch ein Baby, liegt zertreten wie eine überfahrene Katze auf der Erde, zwischen umgekippten Tischen, zerbrochenem Geschirr und offenen Schränken. Mutter ein blutiger Klumpen Fleisch, der krächzt wie eine Ente. Vater haben sie mitgenommen. Er ist weggerannt, hat geschrien, sich gewehrt, doch sie haben ihn geknebelt, ihn geschlagen. Ich habe mich hinter dem Vorhang versteckt und gehört, wie er geflucht hat und sie auf ihn eingeprügelt haben. Danach war es still. Ich bin ganz langsam hinter dem Vorhang hervorgekommen und hab mich niedergebeugt, um zu hören, was das für ein Ton ist, den Mutter da ausstößt. Sie war nass von Blut, ihre Augen weit aufgerissen. Ihre eine Hand war nach Ita ausgestreckt, die sie vor einem Moment, das sah man noch, festgehalten hatte.

Wie lange habe ich neben Mutter gelegen? Als ich aufwachte, war es fast dunkel und nur in den Fenstern sah man, dass die Sonne noch nicht ganz untergegangen war, oder vielleicht noch nicht ganz aufgegangen. In diesem Halbdunkel sah ich plötzlich eine blonde Mähne im Rechteck der Tür. Es war Friedrich, unser Diener. Der große Mann kam auf seinen massigen Beinen angestampft und rammte einen Fuß in Mutters Gesicht, bis das Gekrächze aufhörte. Der zweite Schuh war unmittelbar vor meinem Gesicht und ich fing an, ihn abzulecken, ich weiß nicht, warum, ich hatte das Gefühl, das sei es, was er wollte.

Friedrich beugte sich herunter, um mich besser sehen zu können. Seine Stirn war schweißnass und Schweißperlen tropften auf mich herunter. Er packte mein Gesicht mit der einen Hand und mit der anderen öffnete er mir gewaltsam den Mund, wie eine Mutter, die ihr Kind füttert, oder wie ein Vogel seine Jungen, und spie mir seinen nach Zigaretten stinkenden Speichel in den Mund. Dann ging er auf die Knie und aus der Finsternis zwischen seinen Schenkeln schnellte etwas Hartes und näherte sich meinem Gesicht. Ich leckte weiter, so wie ich bis eben den Schuh geleckt hatte, aber er hielt mir den Mund offen und schob mir das Harte bis in den Rachen hinein. Ich spürte einen Brechreiz, hustete, aber er achtete nicht darauf, stöhnte, strich mit seiner freien Hand überraschend sanft an meinem Hals entlang, tastete und fand meine Achselhöhle, ließ die Hand den Rücken hinabwandern, immer weiter nach unten, und rammte einen Finger in meinen Anus. Ich wollte schreien, aber mein Mund war verstopft. Er drehte seinen Finger in dem Loch, noch und noch, bis ich fühlte, dass alles dort eine einzige große Wunde war, und dann warf er mich auf Mutters Leichnam, bäuchlings. In einem Anfall von Lust packte er mich an den Hüften und überschwemmte mich unversehens mit schwarzem Schmerz, grunzte, brummte und seine Fingernägel gruben sich mir in den Bauch. Danach rollte er sich zur Seite, stand auf, schwankte ein wenig und spuckte aus, streckte sich, ging zur Tür, kam dann plötzlich zu mir zurück, zerrte mich von dem Haufen aus Fleisch und Blut hoch und brüllte: «Tee, mach mir ein Glas Tee.»

Ich kam hoch und schleppte mich schwankend in die Küche. Freute mich fast, dass ich aus eigener Kraft in die

Küche gehen konnte. Er saß da auf seinem Stuhl wie ein Gast und wartete, dass das Wasser kochte. Dann trank er seinen Tee, ohne ein Wort zu sagen, und bevor er den Raum verließ, kniff er mich in die Wange.

Ich begleitete ihn bis zu der aus den Angeln gerissenen Tür, er sprang hinüber und stieg die Treppe hinab. Als sich die Eingangstür zur Straße hinter ihm schloss, trank ich den Rest Tee aus seinem Glas und machte mich davon.

Ich renne, renne, renne, lasse die Stadt hinter mir, renne durch die Felder. Ein Mann in blauer Uniform schreit mir zu, ich solle verschwinden. Ich renne auf den Gleisen. Weiß nicht, in welche Richtung. Der Himmel ist grau und kalt. Mein Herz schlägt heftig, ich renne.

Mehr erinnere ich nicht.

Magnus Hirschfeld: Die Homosexuellen in Palästina (1933)
Kapitel 3

Bis zu meinem Eintreffen in Jerusalem waren meine Kenntnisse der jüdischen Schriften sehr spärlich. Ich kannte die Geschichten des Alten Testaments, aber sie waren in meinen Augen nicht von größerer Bedeutung als die des Neuen Testaments. Eines Tages sah ich im Hof des Hauses, in dem ich außerhalb der Stadtmauer wohne, einen orthodoxen Juden und seinen Sohn stehen und Bücher auf einem Scheiterhaufen verbrennen. Ich fragte meine Hauswirtin, die liebenswürdige Frau Rosenberg, was das zu bedeuten habe, und zu meiner Bestürzung erwiderte sie mit vollkommenem Gleichmut, am gestrigen Tag seien Missionare durch die Straße gekommen und hätten an die Kinder Pentateuchs mit dem Neuen Testament verteilt. Der Vater habe die Bücher entzweigerissen, das Neue Testament ins Feuer geworfen, das Alte Testament jedoch in der Erde vergraben, da es verboten sei, dieses zu verbrennen, seine Benutzung indes ebenso, da es von Christenhand gedruckt sei.

Nach allem ist vielleicht doch ein Quäntchen Wahrheit an den antisemitischen Anwürfen, die philosemitischen Werken wie Lessings «Nathan der Weise» vorhalten, sie zeichneten das Judentum als tolerante und fortschrittliche Religion. Mir zumindest ist jetzt zweifelsohne klar, dass dies nichts mit der Realität gemein hat, und je mehr ich meine Studien in dieser Sache vertieft habe, desto stärker habe ich mich, schlicht und ergreifend, für den Antisemitismus eingenommen gefunden. So ist mir zum Beispiel zur Kenntnis gelangt, dass man zu Beginn des sechsten Jahrhunderts im Städtchen Würzburg neunhundert Hexen auf dem Scheiterhaufen verbrannte. Zwei dieser bemitleidenswerten Weiber wurden, den Dokumenten zufolge, durch den Rabbiner der Stadt an den örtlichen Bischof ausgeliefert, welcher als Zeichen seines Dankes den Juden einen Schutzbrief gewährte. Wobei ich nicht im Mindesten wusste, dass dieser grausame Brauch seinen Ursprung in der jüdischen Bibel hat: «Eine Zauberin sollst du nicht leben lassen.» Der Bischof ließ dem Rabbiner sogar die Ehre zuteilwerden, den Scheiterhaufen anzuzünden!

Hernach hörte ich von zwei Rabbinern in Jerusalem, die in ihren Predigten zu den kranken Übeln, welche die

Säkularität in ihre Stadt gebracht habe, auch die Homosexualität zählten, sie in einem Atemzug mit Magie, Abtreibungen und Mord nannten und dazu aufriefen, diese «mit Blut und Feuer» zu bekämpfen, wobei sie im Falle der Homosexuellen noch ausführten: «Mit feuchten Ruten sind sie zu schlagen, bis ihnen die Seele aus dem Leib fährt.»

Aber sollte tatsächlich erst die Säkularität die Männerliebe nach Jerusalem gebracht haben? Jeder Kundige wird herzlich lachen. In allen Religionen, die Sorge tragen, sich die sexuellen Bedürfnisse des Einzelnen zum eigenen Nutzen zu machen, und Onanie oder jede andere Form geschlechtlicher Befriedigung außerhalb des ehelichen Rahmens verbieten, finden junge Menschen Mittel und Wege, ihrer sexuellen Ungeduld Erleichterung zu verschaffen, darunter auch die Männerliebe. Die meisten entwöhnen sich dessen mit dem Eintritt in den Bund der Ehe, wobei einige wenige, in denen die Neigung zur Homosexualität von Natur aus angelegt ist, deretwegen ihre Frauen bis ans Ende ihrer Tage unglücklich machen. Die gläubige jüdische Gesellschaft hingegen nimmt sich in gewissem Maße solcher, aus ihrer Warte, verlorener Fälle an, jener Männer, deren feminines Verhalten sie für eine Heirat untauglich macht, und verfährt mit ihnen jenem geflügelten Wort folgend, das Thoragelehrte ihr vor langer Zeit verkündet haben: «Den Knaben erziehe seinem Wesen gemäß.» Entsprechend bestimmt das Judentum sie für Erwerbszweige wie das Schneiderhandwerk, das Bademeisterwesen oder die Totenwäsche.

In dem Viertel, in dem ich wohne und das mehrheitlich

von strenggläubigen Juden und einer Handvoll Deutsch sprechender Immigranten aus Zentraleuropa bevölkert wird, gibt es einen Damenschneider, ein spindeldürres Wesen mit Spitzbart und ausladenden Gewändern, der sich derart wie eine Frau bewegt und spricht, dass seine Kundinnen keine Scham haben, sich beim Maßnehmen vor ihm zu entkleiden, und deren Ehemänner nicht befürchten, ihre Unschuld könnte dadurch Schaden nehmen. Er erfuhr, wer ich bin, und eines schönen Tages, als ich an seinem Laden vorüberkomme, trat er heraus und fragte mich, ob Aussicht für ihn bestehe, in Berlin dem Schneiderhandwerk nachzugehen. Er sprach ein verdeutschtes Jiddisch, mit dem näselnden Tonfall einer Dame aus besseren Kreisen. «Und machen Sie bitte Bekanntschaft von Motl», sagte er dann und rief nach seinem Lehrjungen, einem blassen und nicht weniger schmächtigen Knaben. «Motl ist sich nicht in der Lage, zu sitzen auf dem Hintern länger als eine Stunde eine halbe», verkündete er und bedachte mich mit einem anzüglichen Augenzwinkern. Von Frau Rosenberg habe ich erfahren, dass der Lehrjunge weder Vater noch Mutter mehr hat, dass der Schneider sich wie ein Bruder um ihn kümmert und alle wissen, wie die Dinge bestellt sind, dem aber keine Beachtung schenken.

Aus rein wissenschaftlichem Interesse suchte ich also die Nähe des Schneiders und seines Lehrjungen, und sie waren es, die mir manches Geheimnis aus dem Leben der orthodoxen Gemeinde von Jerusalem offenbart haben. Siebzig Jahre musste der Rabbiner G. werden, Haupt eines der chassidischen Höfe (die Chassiden sind, so zeigt sich, zuweilen von größerer Toleranz als ihre gestrengen

Rivalen, verfallen auf gewagte Neuerungen, und sei es nur, um anderer Meinung zu sein als die Rebben der gegnerischen Sekte), um sich über die homosexuelle Natur seines einzigen Sohnes gewiss zu sein. Insgeheim brachte er ihn zu verschiedenen Heilern, auch zu weltlichen Ärzten, von denen er unterschiedliche und widersprüchliche Ratschläge bekam, bis er den Entschluss fasste nachzuforschen, was denn der Standpunkt der *Halacha*, der jüdischen Rechtsprechung, in dieser Sache sei. Zu guter Letzt gelangte er zu der Schlussfolgerung, dass, da sein Sohn von Geburt an homosexuell war, sprich: Gott ihn so erschaffen hatte, es am besten für ihn wäre, nach eigener Fasson zu leben. Er suchte und fand ihm einen geeigneten Gefährten und vor seinem Tod rief er «seine beiden Söhne» an sein Sterbelager und ließ sie schwören, einander Treue zu bewahren.

Ich weiß indes nicht, wie verbreitet eine solche Liberalität ist. Mir will jedoch scheinen, dass, wäre sie nicht eher die Ausnahme, meine beiden Schneiderfreunde mir nicht davon erzählt hätten. Wie dem auch sei, schon bald hatten die beiden unter ihrer Klientel die Kunde verbreitet, ich sei ein «Doktor für Geschlechtskrankheiten». Eine ihrer Kundinnen wurde daraufhin in Ehrfurcht und Gottvertrauen bei mir vorstellig, damit ich einmal ihren achtzehnjährigen Sohn untersuchen möge, und tatsächlich stellte sich heraus, dass der Bursche eine Geschlechtskrankheit hatte. Worauf die schluchzende Mutter klagte: «Wenn er sich doch nur von Frauenzimmern ferngehalten hätte wie sein erstgeborener Bruder», und ihm vor meinen Augen eine klingende Ohrfeige verabreichte. «Wo hast du dir das geholt?», drängte sie ihn und der arme

Tropf war gezwungen, in Gegenwart seiner Mutter seine Verfehlungen haarklein zu beichten.

Und wo können sich Homosexuelle in Jerusalem treffen? Dem Anschein nach ist dies vollkommen unmöglich in dieser volkreichen und von Fanatismus geschlagenen Stadt, doch gerade wegen der vielen Hindernisse ist das Netz der Kontakte unter ihnen aus besonders diskreten und starken Fäden gesponnen, eint eine Art verborgener Blutsbund hier die Homosexuellen gleich welcher Herkunft und Religion durch vereinbarte Zeichen, Blicke, Bewegungen. Es ist mir nicht angelegentlich zu sagen, Jerusalem sei eine Stadt, in der zu leben leicht sei für Außenseiter, doch in ihrer Beengung finden sich etliche Schlupflöcher. Ein solches etwa ist das öffentliche Pissoir, das die Engländer im Inneren des Jaffatores eingerichtet haben, ein von Menschen überlaufener Ort, aber ein scharfäugiger Beobachter wird nach einer Weile Personen bemerken, die den Abort immer wieder aufsuchen, kurze Zeit später herauskommen und in einiger Entfernung warten, um dann erneut hineinzuschlüpfen, und so in einem fort. Nachts wird das Pissoir mit einem großen Gitter abgesperrt, aber unweit davon sind auch dann noch Gestalten auszumachen, die es wie Raubvögel umkreisen. Das verabredete Zeichen für «ich will dich» ist ein scheinbar unbeteiligtes Vorüberschreiten an dem Objekt der Begierde mitsamt einer flüchtigen Berührung seines Gemächtes. Unter den diesen sonderbaren Tanz Aufführenden, auch am helllichten Tage, findet man Geistliche, Juden, Engländer und Araber. Einige von ihnen kommen von weit her, um einen geschlagenen Tag lang vor dem stinkenden Heiligtum auszuharren.

Ein weiterer Treffpunkt der Homosexuellen ist die Kirche, oder genauer gesagt die ganze Phalanx von Kirchen und Klöstern, welche die Zierde der Stadt ausmachen. Zugegeben, jenes Vorurteil, das Priestern eine Neigung zur Männerliebe anlastet, findet hier durchaus seine Berechtigung. Zum Pfingstfest war ich in eines der Patriarchate eingeladen, von dem ich bewusst nicht ausdrücklich kundtun werde, welcher christlichen Gemeinschaft es ist. Nur so viel sei gesagt, dass es das größte Patriarchat in Jerusalem ist. Mein Begleiter, ein alter Freund aus gemeinsamen Berliner Tagen, der in Deutschland Lehrer für Altgriechisch war und heute an einer kirchlichen Knabenschule unterrichtet, hatte mich auf das Bacchanal vorbereitet, das mich erwartete. Das Mahl indes unterschied sich in nichts von jedem anderen. Priesternovizen servierten die Speisen, und das Gespräch plätscherte dahin, und da ich neben einen Musik lieb habenden Bischof gesetzt worden war, fand ich mich vor ihm beschämt durch meine arg dürftigen Kenntnisse der Musik Wagners. Ich weiß lediglich, dass unter kulturell beflissenen Homosexuellen Wagner als der am meisten verehrte Komponist gilt. Je freigebiger der Bischof indes dem Wein zusprach, desto mehr ließ er die musikalische Sprache der Andeutungen Andeutung sein und fragte mich, ob sich unter den dienstbaren Jünglingen einer fände, den ich mir als Nachspeise auszubitten wünschte. Mein Freund der Griechischlehrer bedeutete mir, ich solle nicht ablehnen.

Am Ende des Festschmauses dann kam der versprochene Bursche, einen Krug mit Wein vor sich hertragend. Er war durchaus vom Fach und sogar kokett, hob seine Kutte an und fragte, wer ihn als Erster empfangen wolle.

Ich dankte unserem Gastgeber und verzichtete auf meinen Vorrang zugunsten des Griechischlehrers, der wiederum seinen Platz an den Bischof abtrat. Aus Rücksicht auf das Ansehen und die Würde der Kirche werde ich hier nicht näher auf das Schauspiel eingehen, dessen Zeuge ich wurde und das ohne Weiteres eines der Kapitel aus dem «Satyrikon» des Petronius' hätte sein können. Die Orgie endete mit einem Schleiertanz im Stile der Isidora Duncan, dargeboten von dem rechtschaffen betrunkenen Bischof. Der Tanz war die von dem Jüngling gestellte Bedingung, auf dass er ihn ein zweites Mal beglücke. An diesem Punkt zogen wir uns diskret von dem Gelage zurück.

Wenn der Bischof hingegen nüchtern war, wusste er feurige Reden zu schwingen gegen die Verderbtheit der Sitten, ohne auch nur einen Anflug von Gewissenspein zu empfinden. Und ich sage dies nicht zu seiner Schande. Die Heuchelei ist die Schwester der Homosexualität, und mehr als ein Mal nur habe ich in meinem Institut in Berlin über den Nutzen der Unaufrichtigkeit referiert, welche die gesellschaftlichen Konventionen bewahrt und gleichzeitig abnormen Trieben ermöglicht, ihre Befriedigung zu finden. Denn die Alternative zur Heuchelei ist der Tod, da mir in Deutschland eine lange Liste von Fällen bekannt war, in denen einfältige Aufrichtigkeit eine Kugel in die Schläfe nach sich zog. Einer dieser Fälle war der eines Offiziers, der beim sodomitischen Akt ertappt und umgehend degradiert wurde, dessen Familie sich von ihm lossagte, der zu trinken begann, dem Morphium verfiel und sich am Ende in den Kopf schoss. Ich selbst habe Dutzende solcher Männer vor dem Tod bewahrt und wäre erfreut, auch hierzulande derart vom Weg Abgekommenen beizustehen, nur dass das Institut hier zu klein ist und droht, jeden Augenblick geschlossen zu werden. Nicht wegen der religiösen Eiferer jedoch, wiewohl vor allem jener wegen, die Sozialisten genannt werden, deren Meinung über die Homosexualität aber nicht weniger schlimm ist als die der fanatischsten Nationalisten, und die im Namen ihrer ersehnten Zukunft über jedwede Gelegenheit im höchsten Maße erfreut sind, die Überreste der verabscheuten bürgerlichen Degeneriertheit zu zertreten.

Zum Jahrestag der Gründung des Instituts in Jerusalem gelang es mir dennoch irgendwie, eine Handvoll des Deutschen mächtiger Zuhörer zu einem Leseabend zu versammeln, bei dem aus dem Werk des Arztes Dr. Paul Näcke «Ein Besuch bei den Homosexuellen in Berlin. Mit Bemerkungen über Homosexualität» vorgetragen werden sollte. Es erschien ein knappes Dutzend verängstigter Personen, die anfangs offenkundig größte Furcht voreinander empfanden und nicht wagten, die Augen zu der kleinen Fotoausstellung von Aufnahmen Reinhard von der Marwitz' zu heben, die ich an die Wände gehängt hatte. Mit dem Schließen der Türen erwärmte sich die Atmosphäre ein wenig, als mein Freund, der Griechischlehrer, sich ans Klavier setzte und das Gedicht von Rudolf Presber zum Besten gab über die Mutter, die in Sorge ist ob des Gerüchtes, ihr Sohn interessiere sich nicht für Frauen, und sich erst durch die heimliche Lektüre der Liebesbriefe beruhigen lässt, die ihr Sohn an ein Fräulein namens Louise schreibt. Das Gedicht endet mit den Worten: «Teure Mutter / besser, du erfährst es nie /

denn meine Louise hat einen gar prächtigen Schwanz / und ihr Name nicht Louise ist, sondern Louis.»

Im weiteren Verlauf des Abends, als ich den Anwesenden gerade das amüsante Kapitel zu Gehör brachte, das ich aus Näckes Buch ausgewählt hatte, waren plötzlich im Hof des Hauses hastende Schritte zu hören und auch Schreie. Nach weiterem Gerenne kam ein Stein hereingeflogen, darum ein Blatt Papier gewickelt. Die kleine Versammlung kam unter geräuschvollem Stühlerücken auf die Füße. Jemand entfaltete das Papier und las. «Sie verlangen, dass wir Hebräisch sprechen», erklärte er. Andere unter den Versammelten, die nicht wussten, ob sie gehen oder bleiben sollten, öffneten einen Spalt weit die Tür und berichteten, es liefen noch immer einige junge Burschen in blauen oder braunen Hemden draußen herum. (Ich erinnere mich nicht mehr, welcher Jugendbewegung sie zugehörig waren, und möchte hier keine Unschuldigen an den Pranger stellen.) Wie auch immer, ich sah mich genötigt, meine Lesung abzubrechen, doch die Anwesenden blieben noch eine Weile wortlos sitzen, ehe sie, im Schutz der Dunkelheit, einer nach dem anderen das Weite suchten, ohne sich zu verabschieden.

Ich blieb allein mit meinem Freund, dem Griechischlehrer, zurück, und gemeinsam betrachteten wir von der Marwitz' wundervolle Aufnahme, die zwei Männer zeigt, die reglos auf einem Felsen sitzen, zwei winzige Silhouetten vor dem Hintergrund einer gewaltigen und schier endlosen Landschaft wie auf den Gemälden eines Caspar David Friedrich. Sie schauen in die Ferne, auf die Landschaft, die vor ihnen ausgebreitet liegt, auf das Meer, und man sieht ihre Blicke nicht, da sie mit dem Rücken zur Kamera sitzen. Mein herzensguter Freund versuchte mich zu trösten, aber ich begriff bereits, dass von diesem Ort nichts Gutes zu erwarten war, und so reifte in meinem Herzen der Entschluss heran, nach Europa zurückzukehren, wo es noch immer genügend aufrechte Menschen gab, die in der Lage waren, meine Arbeit wertzuschätzen.

*

Immer wenn man aus dem Ausland zurückkommt, erlebt man dieses schreckliche Gefühl, hinter der Tür würde etwas Unangenehmes warten. Diesmal war das Gefühl noch beklemmender wegen all der Ereignisse der letzten Zeit und wegen Ziffers Verfolgungswahn, sodass wir es wirklich mit der Angst bekamen, als sich der Schlüssel im Schloss drehte. Ziffer hatte Angst, nach dem Einbruch könnten sie uns eine Sprengladung beschert haben, was weiß ich, er hat auch mich völlig paranoid gemacht, aber als wir die Tür öffneten, fanden wir die Wohnung so aufgeräumt vor, wie wir sie verlassen hatten, ja sogar noch ein bisschen mehr, und im Kühlschrank wartete ein Kuchen, eine ekelerregende Mandeltorte, aber die gute Absicht ist, was zählt. Ich verstand sogleich, das Ziffers Mutter ihre Putzfrau herbeordert hatte, genauer gesagt ihren schwarzen Putzboy, um die Wohnung auf Hochglanz zu bringen. Zu unserem Glück hatte das Wochenende in der Türkei Ziffers Psyche so gutgetan, dass ihm nicht mal auffiel, dass jemand die Papiere auf seinem Schreibtisch angerührt und ein paar alte Telefonbücher weggeworfen hatte, die in einer Ecke des Zimmers in einer Plastiktüte gelegen hatten und die Ziffer aufbewahrte, um darin Namen für seine Helden zu finden.

Aber was soll ich sagen, es war heiß zu Hause. So heiß, dass man verrückt werden konnte. Ziffer zog sein T-Shirt aus und selbst ich, der ich normalerweise davor zurückschrecke, meinen Körper zu entblößen, weil er meiner Meinung nach nicht superästhetisch ist, wurde todesmutig und zog das T-Shirt aus, ein Shirt mit dem Aufdruck «Istanbul» und den Minaretten und der Kuppel der Hagia Sophia darunter. Ich hatte immer gedacht, ich müsste meine Titten verstecken, doch Ziffer hatte mir in Istanbul gestanden, dass er die Dinger liebe und es ihn nicht kümmere, dass sie ein bisschen groß geraten seien. Zum ersten Mal hat er sie mir abgeknutscht, hat an den Brustwarzen gesaugt, sie gebissen, gekniffen. Und plötzlich hatten diese überflüssigen Drüsen ihren Platz in unserer Zweisamkeit gefunden.

Aber ohne Hemd zu kochen, gestattete ich mir trotz allem nicht. Die Wahrheit? All die Komplimente, die ich an jenem Wochenende von Ziffer und von Leuten auf der Straße bekommen hatte, hatten mich immer noch nicht überzeugt, dass ich der Schönheitskönig war, besonders – und in den großen Badezimmerspiegeln in Istanbul hatte ich richtig sehen können, wie widerlich das aussieht – mit diesen Haaren auf dem Rücken. Warum kann ich kein Schwede sein?! Kurz und gut, ich machte mich also daran, ein Abendmahl anzurichten, und Ziffer ging zu seinem Computer, doch dann fiel ihm ein, dass er keine Tastatur hatte.

«Einer muss die Tastatur aus der Reparatur holen», brüllte er. «Einer muss», das hieß: «Jo muss.» – «Ich geh schon», rief ich aus der Küche, ganz automatisch. Ziffer raffte sich auf und kam tatsächlich, um mir für meine Bereitschaft zu danken – ein weiterer Beweis für das Wunder, das ihm und uns in Istanbul widerfahren war –, und küsste mich auf den Nacken. Flüsterte, er sei scharf auf mich. Die Wahrheit? Ich hatte eigentlich keine rechte Lust, bei dieser Affenhitze zu schwitzen und mich zu beferkeln, aber dann fiel mir wieder ein, dass ich alles in meiner Macht Stehende für Ziffers seelische Gesundung tun musste.

Ziffer hat eine neue Marotte. Seit sie uns im Harem des Topkapi-Palasts die Vorrichtung zur Kastration der Eunuchen gezeigt haben, will er, dass ich ihm in die Eier beiße und mit den Zähnen daran ziehe. Selbst mir ist das ein bisschen eklig und ich hab's nicht gern zu kommen, wenn er mir dabei befiehlt «zieh, zieh, fester». Danach duschte ich schnell, zog mich an und rannte los, die Tastatur aus der Reparatur zu holen, bevor die Läden zumachten.

Wie ich so über die Straße gehe, denke ich, was für ein Glück ich habe, dass ich kein Schwarzer bin, und besonders nicht der Schwarze, der für Ziffers Mutter arbeiten und ihr besudeltes Klo sauber machen muss, und was ein Glück ihr Schwarzer diesmal gehabt hat, dass wir in der Türkei waren und er endlich einmal eine saubere Wohnung putzen durfte! Und andererseits, dass ich genau genommen ziemlich arm dran bin, weil sich irgendwie alles in unserem Leben um Ziffer und seine Karriere dreht, um sein Schreiben, seine Gesundheit, seine Problemchen, und ich nur gut dazu bin, ihn zu beturteln und die Rolle des Vizekönigs zu spielen, während drittens alles auch noch viel schlimmer sein könnte, denn letztendlich entschädigt Gott die Schwarzen für ihr Leid damit, dass sie einen großen Schwanz haben, und mich entschädigt er für meine Pein, indem Ziffer ohne mich nicht klarkommt und es schon genügt, wenn ich ihn nur für einen Tag sitzen lasse, dass er total den Kopf verliert. Schade, dass ich keine Frau bin und nicht schwanger werden kann, denn dann würde er mich wirklich dafür achten, dass ich sein Kind im Bauch trage. Ja, ich denke, es könnte sein, dass ein Kind trotz allem Ziffers persönliche Probleme und unsere im Allgemeinen löst, aber wäre es - andersherum - nicht schade, ein Kind zur Welt zu bringen und dann festzustellen, dass es kein einziges Problem löst, ja im Gegenteil selbst noch welche macht?

Vier, fünf Gören standen mir im Weg, und insgeheim verfluchte ich den Gedanken, den ich gerade gehabt hatte, ein Kind in die Welt zu setzen, denn sie balgten sich, ließen mich nicht durch und riefen mir zu, «Onkel, Onkel, komm guck mal». Ich linste durch ihren Kreis und sah diesen arabischen Köter, Churi, der schon seit Jahren im Eingang zur Apotheke sitzt, als suchte er Arbeit, Renovierungen, Gartenarbeit, Treppenhausputzen und Ähnliches. Und obwohl ihm niemand Arbeit gibt, geht es ihm offenbar gut dort, andernfalls wäre er längst in sein Dorf zurückgekehrt oder hätte sich einen anderen Platz gesucht. Und was sehe ich jetzt? Die Blagen haben ihn an einen Baum gefesselt und ihm einen Ast in den Hintern geschoben. Churi jault, winselt, springt und versucht den Ast herauszuziehen, aber ohne dass es ihm gelingt, denn seine Hände sind zusammengebunden. Anfangs hab ich mir gesagt: «Jo, was musst du dich einmischen? Was kümmert dich ein arabischer Köter mehr oder weniger?»

Aber dann hab ich mir gesagt, heute machen sie das mit Hunden, morgen mit den Linken und übermorgen mit den Homosexuellen, und das wäre nicht sehr angenehm, wenn man mich nackt an einen Baum gefesselt mit einem Stock im Hintern sehen würde. Also hab ich die Kinder angebrüllt, die daraufhin anfingen, mich auszulachen, aber irgendwie hab ich es doch geschafft, sie zu vertreiben, und hab Churi von dem Baum und dem Ast befreit, der ihm im Hintern steckte. Als ich ihn herauszog, war er ganz blutig. Ich bugsierte ihn in die Apotheke und bat dort um «Gleitcreme», ein deutsches Spezialmittelchen für den Hintern, das ich auch manchmal benutze. Er berichtete mir, das sei nicht das erste Mal, dass sie so was mit ihm gemacht hätten. Ich fragte ihn, warum er nicht in sein Dorf zurückkehre, und da stellte sich heraus, dass er im Auftrag der Stadtverwaltung dort vor der Apotheke als Objekt platziert war, als Symbol für die Verwurzelung und Verschmelzung mit dem Boden, wofür sie ihm ein bisschen was zahlten. Das kostete weniger, als irgendeinen Möchtegern-Bildhauer zu bezahlen, der ein hässliches Steinetwas hinstellen und es «Verschmelzung» nennen würde. Ich fragte ihn, ob er es nicht drangeben und stattdessen für mich arbeiten wolle. Im Ernst. Churi machte Nein mit dem Kopf und meinte, Cohen von der Stadtverwaltung habe gesagt, er dürfe diese Rolle nicht aufgeben, und wenn jemand ihn mitnehmen wolle, dann solle er sich widersetzen. Aber wir haben ja alle mal gelernt, dass ein Araber sogar seine Mutter für Geld verkaufen würde, weshalb ich ihn fragte, wie hoch das Gehalt sei, das er von der Stadt bekomme, und als er es mir sagte, bot ich ihm das Doppelte an, was nach jüdischen Maßstäben noch immer ein lächerlicher Preis war. Churi fing an mir nachzulaufen, aber plötzlich blieb er stehen, lief noch ein bisschen weiter, machte dann kehrt, ließ sich wieder vor der Apotheke nieder und sagte, er ficke keine Homos. Ich erhöhte den Preis noch ein wenig. Churi schüttelte den Kopf. Ich sagte ihm, er werde nichts tun müssen, was er nicht wolle. Und dass wir ihn genau genommen nur bräuchten, um uns zuzugucken. «Nur zugucken?», fragte Churi. «Nur zugucken, und wenn du willst, kannst du mitmachen, aber nur, wenn du willst», sagte ich.

Churi stand letztlich auf, nahm seinen schwarzen, von Mörtelspritzern bedeckten Eimer und seinen Schrubberstiel und kam mit mir.

Von Nahem sah ich, dass sein eines Ohr verletzt war und ihm das Blut auf den Kragen lief. Das hatten ihm die Straßenköter des Viertels beigebracht, die witterten, dass er Araber war, und ihn angriffen. Er hatte ein ziemlich hübsches Gesicht. Bei guter Ernährung, sagte ich mir, würde er in kürzester Zeit ungeahnte Qualitäten entwickeln. Gute Anlagen hatte er, wie man so sagt. Ich betete, dass wir im Treppenhaus keinen Nachbarn begegneten, und bat ihn, schnell die Treppe hochzulaufen. Aber das half nicht viel, weil Frau Clementine, wie immer, dort scheinbar rein zufällig stand und säuerlich grüßte. Churi lächelte mir verständnisvoll zu. Er hatte Erfahrung mit solchen Frauen, die sich erst etwas über ihn zusammenfantasieren, sich dann schämen und ihn den Hunden vorwerfen.

Ziffer verfiel in Schockstarre, als er uns die Tür öffnete und von mir zu hören bekam, dass Churi bei uns bleibt. Churi sagte artig Schalom und teilte mit, er brauche nicht mehr als ein Fleckchen Fußboden zum Schlafen und Fressen. Er warnte auch gleich im Voraus, dass er weder *blas'* noch sich in den Hintern *bumsin* lasse und dass wir ihn nicht zwingen sollten, unsere Sachen anzuziehen, weil er niemals Kleidung trage. Sein Fell stank, aber es gehörte ihm. Als er es auszog, bekam man wirklich was zu sehen, und Ziffer gab zu, diesmal hätte ich einen guten Fang gemacht.

Sofort fühlte ich mich wie jemand, der während des Holocausts Juden versteckt hatte, weil ich wusste, dass am Ende die von der Stadtverwaltung nach Churi suchen und wir in Gefahr sein würden. Auch Ziffer hatte das Gefühl, etwas für die Menschheit zu tun und nicht bloß zu schweigen, wie jene, die damals geschwiegen hatten und heute sagen, «wir wussten von nichts». Wobei es nicht so ist, dass Churi einfach gewesen wäre oder die Perfektion in Person. Araber bleibt Araber. Ich sagte Ziffer nichts davon, als ich entdeckte, dass mir zweihundert Schekel aus der Tasche meiner Jeans fehlten. Von dem Essen und den Sachen, die verschwanden, gar nicht zu reden. Aber all das war Kinderkram im Vergleich zu jenem Morgen, an dem ich früh aufwachte, Ziffer schlief noch, und als ich in die Küche kam, wartete Churi dort mit einem Messer in der Hand und sagte, er werde mir die Kehle durchschneiden, wenn ich ihm nicht verriete, wo die Dollars seien. «Welche Dollars?», sagte ich. Er sagte, alle Juden hätten Dollars. Meine Hände zitterten, als ich den Küchenschrank öffnete und aus der Gewürzdose dreihundert Dollar fischte. Er hielt mir die Klinge an die Wange und sagte, er werde mir die Visage zerstückeln, sollte ich Ziffer etwas verraten.

Doch irgendwie brachte uns dieser Raub einander näher. Wir hatten jetzt ein gemeinsames Geheimnis. Er fing an, sich mit mir wohler zu fühlen, umarmte mich manchmal oder kniff mir in den Po. Er wusste um seinen Wert. Und tatsächlich, seit wir Churi in unser Leben aufgenommen hatten, blühte Ziffer auf, wurde wieder so ausgelassen wie früher. Eines Tages etwa ging er einkaufen und kam mit Sonnenbrillen für uns alle drei zurück, den gleichen Sonnenbrillen. Die Idee war, wir würden ans Meer fahren. Badehose, wer braucht schon eine Badehose? Und wer das Meer? Churi mit Sonnenbrille, aber ohne Badehose und ohne Meer, war die Atombombe. Wir ließen unsere wüstesten Fantasien Wirklichkeit werden! Die Reihenfolge war, dass der Araber Ziffer plombierte und Ziffer mich, aber Araber ist nun mal Araber, also nahm er auch mich ran und Ziffer bekam mich schon schön geweitet, was bei ihm das Vergnügen nur noch steigerte. Und so sonderbar das auch klingen mag, der arabische Hund gab uns Sicherheit, denn wir hatten das Gefühl, dass jemand auf uns und unser Zuhause aufpasste.

Eines Tages schüttete er uns sein Herz aus und erzählte, er habe Vater und Mutter und eine kleine Schwester in seinem Dorf. Das Geld, das er mir entwende, gehe an sie. Dank dieses Geldes hätten sie einen Generator für das Haus gekauft und die Schwester könne jetzt zur Schule gehen. Ich freute mich ganz ehrlich, dass die Kleine von meinem Geld Bildung erwarb und Hausaufgaben im Schein des elektrischen Lichts machte, das ich ihr lieferte. Das nächste Projekt würde fließendes Wasser sein. Von mir aus, Hauptsache, Ziffer ging es gut.

Tatsächlich brachte Ziffer in dieser Zeit ein Projekt zu

Ende, das er angenommen hatte. Von der Fakultät für Film- und Fernsehwissenschaften an der Universität hatte man ihn gebeten, das Drehbuch für einen Film zu schreiben, der auf der Grundidee von «Mon Valet et moi» basieren sollte, und diese der israelischen Realität anzugleichen.

Ziffer schrieb über die Beziehung zwischen einem Kranken und seinem Diener, der ihn in den letzten Tagen seines Lebens pflegt, wobei er den Diener Churi und den Herrn Jo nannte. Von einer Welle der Euphorie getragen, bewarb er sich gleichzeitig um ein Schreibstipendium des Staatspräsidenten, ein Stipendium, das der ganzen Welt zeigen sollte, wie fortschrittlich unser Land doch war. Zu mir meinte Ziffer, ich brauche mir keine Sorgen zu machen, da er dieses Stipendium ohnehin niemals bekommen würde. Die Wahrheit aber ist, dass er es insgeheim doch sehr wollte, und als dann die Mitteilung kam, dass er das Stipendium tatsächlich nicht bekommen hatte, war das schrecklich: Vor lauter Verzweiflung betrank sich Ziffer und stürzte böse, als er sich aufs Sofa setzen wollte. Churi hob ihn auf und brachte ihn erst aufs Klo und dann unter die Dusche. Und mir verpasste er eine Ohrfeige, als ich ihn anschrie, das alles sei nur seinetwegen passiert. «Gerat nicht Banik, bist du jetzt ruhig?», herrschte er mich an. Ich war fassungslos darüber, wie er die Kontrolle im Haus an sich gerissen hatte. Nach und nach gelangte ich zu dem Schluss, dass nur der Tod uns von ihm befreien würde.

*

Im Jahre 1997 hielt der Staatspräsident eine Rede vor Schülern eines Gymnasiums und versuchte sie vom Recht der Homosexuellen zu überzeugen, im selben Maße wie alle anderen Bürger des Staates in den Genuss von Gleichheit und Freiheit zu kommen. Sein Bonmot, er werde für das Recht eines jeden Warmen kämpfen, es schön warm zu haben, schlug im ganzen Land Wellen und rief zahlreiche Kritiker auf den Plan. Um gegen die in der Öffentlichkeit herrschenden Vorurteile gegen die Homosexualität ins Feld zu ziehen, gab der Präsident bald darauf die Einsetzung einer Kommission «Zum Schutz der Würde des Anderen» bekannt. Als homosexueller Autor wurde ich eingeladen, Mitglied dieser Kommission zu sein und für eine Aufklärungsbroschüre mit dem Titel «Die Homosexuellen im Judentum und in Israel» einen Entwurf anzufertigen. Jo ermutigte mich und beinahe hätte ich mich überreden lassen, der Einladung Folge zu leisten, aber letzten Endes beschloss ich, mich nicht dafür herzugeben, die allgegenwärtige Unterdrückung der homosexuellen Minderheit in buntes Zellophanpapier zu verpacken. Später erfuhr ich, dass mein Ablehnungsschreiben als eigenständiges Kapitel in besagter Broschüre abgedruckt worden war, was ich im Nachhinein jedoch nicht bedauere. Im Folgenden mein Schreiben von damals:

Eure Exzellenz, Herr Präsident,

zu meinem großen Bedauern muss ich Ihr großherziges Angebot ablehnen, Mitglied in der Kommission zum «Schutz der Würde des Anderen» zu werden und einen Entwurf für die Broschüre «Die Homosexuellen im Judentum und in Israel» zu verfassen. Denn ich habe größte Zweifel, ob tatsächlich jemand zu finden ist, der in der Lage wäre, eine solche Broschüre zu verfassen, welche die Einstellung des Judentums und des Staates Israel zu uns Homosexuellen in einem positiven Licht zeichnete. Seit nunmehr zehn Jahren widme ich mich diesem Thema, versuche im Judentum auch nur einen Funken von Toleranz gegenüber der Homosexualität zu entdecken, und kann nichts dergleichen finden. Ich bin folglich zu dem Schluss gekommen, dass keinerlei Aussicht besteht, diese beiden einander anzunähern, und habe mir gesagt: Wenn es im Judentum kein Verständnis für Menschen wie mich gibt, dann *fuck the jews* und gut! Warum sollte ich so viel Mühe auf eine Sache verwenden, die im Grunde verloren ist? Denn heute habe ich keinen Zweifel mehr, dass Judentum und Homosexualität zwei einander gegenläufige Triebe sind, beide gleich stark angelegt, die sich unmöglich miteinander vereinbaren lassen.

Denn hätte ich mich bereitgefunden, eine Aufklärungsbroschüre der Art zu verfassen, um die ich gebeten wurde, hätte ich als Allererstes und zuvorderst skizziert, wie Homosexuelle die Strukturen wahrnehmen, die ihnen vorgegeben sind, etwa Religion und Staat, und wie sie sich, trotz allem, über Generationen an derartige starre Rahmen angepasst haben. Denn jede Kultur basiert nun einmal auf der Unterdrückung animalischer Triebe, und aus Sicht der Kultur ist die Homosexualität tatsächlich ein animalischer Trieb, und sei es nur, weil sie sich nicht domestizieren lässt. Zugegebenermaßen ist die Loyalität der Homosexuellen gegenüber einer bestimmten Gesellschaft und einem bestimmten Ort keine Selbstverständlichkeit – ihre Heimat findet sich dort, wo sie sich zu Hause fühlen – und so gesehen stellen sie tatsächlich ein gewisses Gefahrenpotenzial dar, einen umstürzlerischen Bodensatz, obgleich die Gesellschaft insgesamt dazu neigt, die in ihnen angelegte Gefahr zu überzeichnen.

Hernach wäre ich zum Judentum übergegangen und hätte gefragt: Warum? Warum hat im Judentum die homophobe Tendenz derart schlagend gesiegt, und das nach der Geschichte von David und Jonathan, die immer und immer wieder von denen bemüht worden ist, die im Judentum um jeden Preis eine tolerante Einstellung in Bezug auf Homosexualität zu finden trachten? Doch wo steht geschrieben, dass die Freundschaft Davids und Jonathans mehr als eine bloße Freundschaft war? Wie auch immer, nach dieser verdrängten Episode folgten drei Jahrtausende des Schweigens, unterbrochen – und auch nur für kurze Momente – durch die Freundschaftsepen der Dichter des Goldenen Zeitalters, die jedoch nicht mehr als eine Nachahmung der arabischen Freundschaftsdichtung waren, die ihrerseits lediglich eine allgemein akzeptierte Konvention darstellte. Zu sagen, die hebräisch- und arabischsprachigen Freundschaftsgesänge seien Ausdruck einer homosexuellen Kultur, ist schlicht ein Witz! Das Judentum hat seine homosexuellen Triebe unter den Trümmern von Sodom begraben und sich seither geweigert, sich mit ihnen zu befassen. Und dies meiner Ansicht nach, weil die Homosexualität zu allen Zeiten eine Bedrohung für das Judentum darstellte. Eine Gesellschaft, die sich im Zustand permanenter Bedrohung von außen befindet, die tatsächlichen oder imaginierten Verfolgungen ausgesetzt ist, kann sich nicht den Luxus erlauben, auf Fruchtbarkeit und Vermehrung zu verzichten, zumal, wenn Fruchtbarkeit und Vermehrung ihr oberstes Gebot sind! Aber dies ist nur die eine Hälfte des Problems. Die andere besteht darin, dass die Homosexualität in eindeutiger Form mit den «Gräueln der Gojim» identifiziert wird, vor allem mit dem frevelhaften Griechenland und dem sündigen Edom, Rom nämlich.

Das zweite Kapitel der Broschüre hätte ich der Zeitauffassung des Homosexuellen gewidmet, die sich grundlegend von der des Judentums unterscheidet. Denn letztendlich ist der Homosexuelle ein urzeitlicher Jäger, ein Esau, dessen ganzes Trachten im Leben, anders als Jakob, der im Zelte sitzt, darin besteht, zu jagen und Beute zu machen. Er lebt für den Augenblick. Wie die Jagdhunde, die die meiste Zeit untätig dösen und mit dem Wittern nach Beute beschäftigt sind, so auch der Homosexuelle, der auf einer Parkbank ausharrt und auf den passenden Mann wartet, der ihn alsbald, da er ihm in die Hände gefallen ist, auch schon wieder langweilt. Mit anderen Worten, die Zeit hat keine Funktion in der Welt des Homosexuellen. Ganz anders dagegen das Judentum, das sich pausenlos im Spiegel seiner Vergangenheit betrachtet, das seine Augen zu einer wie auch immer versprochenen Zukunft hebt und bereit ist, zu schlachten und sich schlachten zu lassen, nur um diese zu erreichen.

Das dritte Kapitel hätte ich überschrieben mit «Die Domestizierung der Homosexuellen in der jüdischen und der hebräischen Literatur». Hier wäre eine fundierte Forschung vonnöten, um die These zu verifizieren, die ich schon seit vielen Jahren, wenn auch ohne Erfolg, zu vertreten suche, dass nämlich die hebräischsprachige Literatur, und zuvor die jüdische, sich zum Ziel gesetzt haben,

Triebe zu unterwerfen und zu domestizieren. Und dies im Gegensatz zu unzähligen Literaturen dieser Welt, die sich gegen die gesellschaftliche Walze aufgelehnt haben und ihr eine Alternative entgegenstellen wollten. Hätte Marcel Proust schreiben können, wenn er sich nicht vom Judentum abgewandt hätte? In diesem Kapitel hätte zudem detailliert die Entstehung des Bildes vom «neuen Juden» im zionistischen Zeitalter nachgezeichnet werden müssen, ein penetrant männliches Bild, das jede Möglichkeit zunichtemacht, innerhalb des zionistischen Rahmens eine homosexuelle Kultur zu pflegen.

Das vierte Kapitel wiederum hätte sich mit dem Hass gegen Homosexuelle in Israel auseinandergesetzt: mit den Schmutzkampagnen, den Erniedrigungen und Erschwernissen, die diese Tag für Tag in einer Gesellschaft zu erleiden haben, die sich demokratisch nennt. In der Knesset wird die Männerliebe mit Zoophilie verglichen, und im Volk, das jedem Ehebrecher, Mörder und Dieb applaudiert, gilt die Homosexualität als das schlimmste aller Verbrechen. Warum hasst man uns so sehr?

Das fünfte und letzte Kapitel schließlich, das wichtigste von allen, hätte sich der Unvergänglichkeit des homosexuellen Phänomens unter den Juden gewidmet, ungeachtet aller Widerstände dagegen, und dem Potenzial der Homosexualität, in allen Ehren mit der Unvergänglichkeit des Volkes Israel einherzugehen. Mit anderen Worten: Dieses Kapitel hätte gezeigt, dass der Homo der Jude des Juden ist!

Hochachtungsvoll und voller Ehrerbietung

Ziffer

*

Da es unmöglich geworden war, in Tel Aviv die Bürgersteige zu benutzen, wegen der Bücher, die aus Angst vor dem Lackfolienüberzug ihres Einbands aus dem Fenster geworfen wurden, verordnete der Bürgermeister eine Sonderverbrennungsaktion von Taschenbüchern mit Folienüberzug auf dem Platz der Könige Israels, die eine ganze Woche dauern und zu der die Einwohner Tel Avivs ihre Bücher bringen und sie dort verbrennen sollten. So mancher meinte, das Ganze sei ein Wahlkampfgag, und es gab auch welche, die großes Geschrei anstimmten wegen der Assoziation mit den Nazis. Aber Ziffer sagte, das eine habe nichts mit dem anderen zu tun, und dass auch ohne die Sache mit diesem krebserregenden Stoff viele Leute zu Hause Bücher horteten, die sie niemals öffneten, nur um Eindruck zu schinden, und dass andere Bücher in den Müll werfen würden. Also schlossen auch wir uns dem großen Strom an, der sich zu dem Platz wälzte, zumal die Verbrennung auch ein Akt des Protestes gegen die Rechtsregierung werden sollte, weil der Importeur der Lackfolien ein Freund des Ministerpräsidenten war und allgemein der Verdacht herrschte, dieser habe ihn gedeckt.

Auf dem Platz versuchten sie die Menge über Lautsprecher dazu zu bringen, sich zu einer langen Schlange aufzureihen, die Bücher auf den rasch größer werdenden Haufen zu werfen und weiterzugehen, aber als wir ankamen, herrschte schon großes Chaos. Leute fingen an, den riesigen Bücherberg zu erklimmen, um sich fotografieren zu lassen, während andere mit Schildern herumstanden: «Die Regierung steckt an»; «Lackpapierregierung»; «Buch zu Ruch». Aus den Lautsprechern brüllte es, wenn die Unordnung andauerte, würde es unmöglich sein, den Haufen zu entzünden, weshalb alle gebeten wurden, zurückzutreten und einen großen Kreis im Abstand von zehn Metern um den Scheiterhaufen zu bilden. Wir standen ohnehin in einiger Entfernung und gingen nicht näher ran, vor allem weil Churi eine Todesangst vor dem Gedränge hatte und meinte, er müsse Pipi. Außerdem hatten wir überhaupt keine Bücher mitgebracht, obgleich ich schon liebend gern bei der Gelegenheit allen möglichen Mist entsorgt hätte, den Ziffer mich nicht wegwerfen lässt. Aber Ziffer sagte, wir dürften nicht mit der Herde trotten und dass die meisten unserer Bücher entweder keine Taschenbücher seien oder schon älter, und die, die – angeblich – gefährlich seien, könnte man fürs Erste in Plastik einschlagen und abwarten, bis die Forscher herausgefunden hätten, dass nicht dieser Stoff krebserregend sei, sondern etwas ganz anderes, das Gummi in unseren Unterhosen, mal angenommen. Andererseits hatte Ziffers Vater gebeten, wir sollten, wenn wir könnten, in dem Haufen nach seinem Buch suchen, und falls sich noch Exemplare fänden, diese mitnehmen und ihm bringen, weil ihm so gut wie keine mehr geblieben seien. Aber das nennt man wohl: eine Nadel im Heuhaufen suchen.

Mit einem Mal wurde Churi, mit seinen scharfen Sinnen, ganz aufgeregt und fing an, an der Leine zu zerren. Ich herrschte ihn an, «langsam, Churi», aber er lief wie hypnotisiert und blieb vor einer schon älteren Frau stehen, die einen Sack voller Bücher hinter sich herschleifte. Churi umkreiste sie und steckte die Nase in den Sack. «Platz, Churi, böser Hund», schrie ich, aber nichts half. Churi stellte sich auf die Hinterbeine und kratzte mit seinen Krallen an dem Sack. Die Frau fragte, was los sei. Ich sagte ihr, allem Anschein nach habe sie in ihrem Sack ein Buch, das wir suchten, und nannte ihr den Titel. «Stimmt, was ein kluger Hund», sagte sie, öffnete den Sack und gab uns das Buch. Wie klein ist doch die Welt! Die Frau, deren Namen ich vergessen habe, sagte, sie kenne den Autor. Als sie hörte, dass Ziffer sein Sohn sei, fiel sie über uns her und knutschte uns ab, sagte, sie kenne ihn, seit er so klein war, und wie groß er geworden sei. Ein Glück, dass sie in der Zwischenzeit das Feuer entfacht hatten. Die Menge verharrte zu einer Schweigeminute und sang dann die *Hatikwa,* während die Flammen fast bis zum obersten Stockwerk der Stadtverwaltung hochschlugen. Alle drei waren wir uns hinterher einig, dass es ein atemberaubendes Ereignis war – egal, was auch immer über das Ende der Kultur und all das gefaselt werden würde. Die Wahrheit ist, dass es in der Menge tatsächlich einige kulturlose Gestalten gab, die das Feuer nutzten, um Kartoffeln zu grillen, als sei das Ganze ein *Kummsitz*. Das war abstoßend, insbesondere da die, die das machten, bestimmt aus den «schwachen Bevölkerungsschichten» kamen, wie man so schön sagt, und nichts für das Feuer gespendet hatten, weil sie ohnehin keine Bücher zu Hause haben.

Alles begann noch in Tel Aviv, als es an der Tür klingelte. Unsere Nachbarin, Frau Clementine, von einem Ohr zum andern lächelnd, stand dort mit einer Ausgabe der deutschen *Bild*-Zeitung und fragte, ob wir bereits gesehen hätten, was sie dort unter der Überschrift «Zwei traurige Gays und ein Hund» über uns geschrieben hätten. Beim Wort «Hund» brach Churi vom Küchenbalkon in lautes Bellen aus. Als ich ungeduldig mit dem Kopf schüttelte, schlug sie die Zeitung auf Seite 48 auf und verlas die Unterzeile: «Ziffer und Jo, ein israelischer Schriftsteller und sein Lebensgefährte, zeigen ihren Unmut über den Staat Israel, der ihrer Meinung nach Homosexuelle verfolgt. Sind sie im Recht?» – «Stimmt das?», fragte Frau Clementine. Um dann, wegen des Bellens, in ihrem frömmelnden Unterton hinzuzufügen: «Sie wissen, dass man nach der neuen Satzung des Hauskomitees angehalten ist, die Tradition zu wahren, und es daher verboten ist, Hunde zu halten.» Ich sagte ihr, Churi sei nicht unbedingt ein Hund, und dachte im Stillen, dass ich weiß Gott nicht verpflichtet war, ihr in irgendeiner Form Rechenschaft abzulegen. Zu ihrem Glück war Jo nicht zu Hause, denn er hätte mit ihr gemacht, woran ich nur zu denken wagte.

Doch aus diesem *Bild*-Artikel lässt sich immerhin entnehmen, welches die Gründe waren, derentwegen wir uns entschieden, Israel zu verlassen. Der eigentliche Auslöser war die schändliche Behandlung, die wir erfuhren, nachdem wir uns entschieden hatten, Churi zu adoptieren. Ganz allmählich wurde die Schlinge um uns zugezogen. In den ersten Wochen blieb Churis Verschwinden an seinem Stammplatz auf dem Bürgersteig noch unbemerkt, aber dann fingen die Kontrolleure der Stadtverwaltung an Fragen zu stellen, die Informanten sangen, und schon bald tauchten die ersten Schnüffler bei uns zu Hause auf. Einer von ihnen, Herr Uzi Levi, teilte mir mit, Churi sei städtisches Eigentum, und wenn wir ihn nicht innerhalb von drei Tagen an seinen Platz zurückgebracht hätten, würde man gerichtliche Schritte gegen uns veranlassen. Während er in der Tür stand und redete, lag Jo mit Churi unter dem Bett und ich bemühte mich, so zu tun, als wüsste ich überhaupt nicht, worum es ging.

Klar war, dass sie früher oder später wiederkommen würden, um ihn uns wegzunehmen, weshalb wir einen Koffer packten und die Stadt für einen Kurzurlaub, sozusagen, verließen, bis der Ärger vorüber wäre. Für ein paar Tage kamen wir bei meinem ehemaligen Lektor in Raanana unter, der uns sehr freundlich aufnahm. Doch es dauerte nicht lange und einer der Nachbarn, der wahrscheinlich bemerkt hatte, dass Churi im Garten des Hauses herumstreunte, beschwerte sich bei der Stadtverwaltung. Ich weiß nicht, was genau dann geschah, aber unser Gastgeber gab uns zu verstehen, wir seien nicht mehr erwünscht. Wenigstens gestattete er uns, von seinem Haus aus anzurufen und ein Fremdenzimmer in Galiläa zu reservieren. Doch der Tourismus hatte gerade Hochsaison und alles war bis auf den letzten Platz ausgebucht. Wenn wir sagten, wir würden mit Churi kommen, weigerten sie sich sogar, unsere Namen auf die Warteliste zu setzen, und in Bezug auf seine Herkunft wollten wir damals noch nicht lügen. Am Ende aber hatten wir Glück, denn im Hotel «Hermonia» in Kiryat Schmona meldete sich ein arabischer oder drusischer Rezeptionsangestellter. Er nannte einen relativen hohen Preis für das Zimmer und forderte uns auf, Diskretion zu wahren.

In Kiryat Schmona verlebten wir einige schöne Tage. Die Natur stand in voller Pracht, Blumen blühten in allen Farben und die Spitze des Berges Hermon lugte wie auf einer Postkarte aus den Nebelschwaden. Jo sagte, er wolle zu dem Denkmal mit dem brüllenden Löwen in Tel Chai pilgern, wo er sich dann mit Churi fotografieren ließ, der zu Füßen des Löwen lag und seine Schnauze zu einem eigenen Schrei aufsperrte. Die Idylle endete, als uns der Rezeptionist eines Tages, wir kamen gerade zum Frühstück runter, mitteilte, es seien Katjuschas niedergegangen, in der Stadt wimmle es von Polizisten und Militärs und es sei besser, wenn wir bis auf Weiteres in unserem Zimmer blieben. Eine Stunde später ließ er uns dann wissen, es sei Befehl ergangen, alle Gäste des Hotels zu evakuieren. Ich hätte beinahe die Kontrolle verloren. Nur dank Jo, der versuchte mich zu beruhigen und mich beschwor, vernünftig zu handeln, gingen wir ruhig zum überfüllten Omnibusbahnhof, um möglichst in der Menge unterzutauchen, die sich auf den Bahnsteigen drängte. Ununterbrochen fuhren Busse ab. Als wir mit Einsteigen dran waren, stoppte uns ein Soldat vom Grenzschutz und wollte Churis Ausweis sehen. Ich dachte, jetzt seien wir tatsächlich verloren, aber Jo behielt die Nerven und sagte entschlossen: «Wir hatten alle Ausweise, aber die sind uns bei der Explosion verloren gegangen. Machen Sie uns nicht noch mehr Probleme, als wir schon haben, wir sind mit unserer Kraft am Ende.» Der Soldat, vielleicht weil er

Druse oder Tscherkesse war, gestattete uns den Bus zu besteigen.

An dem Tag, an dem wir nach Deutschland abreisten, erschienen sämtliche Nachbarn im Treppenhaus und begleiteten uns mit ihren Blicken, ohne ein Wort zu sagen, bis auf Herrn Halter von unten, der gut vernehmlich zischte: «Fahrt und kommt nicht wieder.» Churi drehte den Kopf nach hinten und streckte ihm die Zunge raus. Im Taxi saß er vorne, und als wir am Unabhängigkeitspark vorbeikamen, bat er den Fahrer anzuhalten und auf uns zu warten, damit wir eine letzte Runde durch den Park drehen konnten. Es war später Nachmittag und im Park waren jede Menge Hunde mit ihren Herrchen unterwegs, einmal abgesehen von den ersten Homos, die hinter hohen Büschen und auf verborgenen Pfaden ihrem Treiben nachgingen. In einem der Gebüsche stand ein Trio mit heruntergelassenen Hosen. Churi postierte sich neben ihnen und brach in wildes Gelächter aus, worauf die drei mächtig erschraken, sich hastig bedeckten und in alle Richtungen davonstoben. Wir mussten ihn gewaltsam aus dem Park zerren.

Die Geschichte von Churis Ende (2)

Berlin ist unser! Die Stadt der tausend *Dark Rooms,* wie Jo sie nannte; aber auch die Stadt der grauen Kanäle, der langhalsigen Schwäne und rundlichen Entenpopos, der U- und S-Bahnen, der Stille und der Raben. Obwohl wir ein paar Skrupel hatten, kauften wir Churi am Ende doch eine Hundemonatskarte für den öffentlichen Nahverkehr, weil die viel günstiger war.

Wir fanden eine nette Wohnung in Charlottenburg, in der Wielandstraße 35. In den ersten Tagen lief Churi durch die leeren Räume und wedelte mit dem Schwanz, doch Jo wollte, dass wir sogleich auf Entdeckungstour gingen und ihm die Sehenswürdigkeiten der Stadt und ihre Schönheiten zeigten. Er behauptet, er habe schon da gespürt, dass etwas mit Churi nicht stimmte, auch wenn ich meine, dass es keinerlei Anzeichen gab. Hier das Brandenburger Tor, hier die Friedrichstraße, und hier ein Punker mit grün gefärbten Haaren, der hinter einem Baum pinkelt, umringt von drei Kötern, auf die Churi losgegangen wäre, hätten wir ihn nicht an der Leine weggezerrt, um keinen Ärger mit ihrem schmutzigen Herrchen zu bekommen. Auf dem Bebel-Platz standen wir lange über dem Mahnmal für die Bücherverbrennung 1933 und ich erklärte Churi die Bedeutung des unterirdischen würfelförmigen Raumes und der leeren Regale. Aber beide, Jo und Churi gleichermaßen, waren begierig darauf, die großen Einkaufshäuser zu sehen.

Sehr bald jedoch wurde klar, dass Berlin nicht für Churi geeignet war. Als die Hustenanfälle und Bauchschmerzen begannen, dachten wir, er habe Grippe oder vielleicht auch einen nicht mehr ganz frischen Knochen gefressen, aber nach zwei Wochen, als das Fieber noch immer nicht gesunken und Churi inzwischen so schwach geworden war, dass er überhaupt nicht mehr vom Fußboden hochkam, fingen wir an, uns ernsthaft Sorgen um ihn zu machen. Da er uns jedoch beschwor, wir sollten ihm keinen Arzt rufen, pflegten wir ihn selbst, so gut wir konnten.

In Tag- und Nachtschichten saßen wir an seinem Lager, wechselten ihm die Unterwäsche und halfen ihm, zur Toilette zu kommen. Er schwitzte, magerte ab, fantasierte und ließ beängstigende Geräusche aus seinem Bauch erklingen. Es fiel ihm zunehmend schwerer, feste Nahrung zu essen, sodass wir ihm Suppe mit dem Löffel einflößten, bis sein Magen vollkommen den Dienst verweigerte und alles wieder von sich gab, was nur in seine Nähe gelangte. Weil wir nicht wussten, an welcher Krankheit er litt, gaben wir ihm Schmerzmittel, fiebersenkende Medikamente und vor allem - viel Liebe, Hingabe und menschliche Wärme. Er selbst wurde sich damals bestimmt zum ersten Mal des Ausmaßes der Liebe bewusst, die wir für ihn empfanden, und spürte diese gewiss selbst in der Panik, die von uns Besitz ergriff, als wir ihn eines Morgens mit geschlossenen Augen und nach hinten weggesacktem Kopf vorfanden, und in unserer unbändigen Freude, als er, nachdem wir ihn wieder und wieder geschüttelt hatten, endlich die Augen aufschlug und uns klarmachte, dass er noch lebte.

Aber je mehr sich seine Krankheit verschlimmerte, desto stärker wurde seine Apathie, wurde seine schweigende Gegenwart zu einer Art lebenden Anklageschrift gegen die perfide Behandlung, die ihm jahrelang durch uns widerfahren war, uns als Volk und als Einzelne. Jo und ich, in unserer Not, wälzten die Schuld einer auf den anderen ab. Zwar führten wir unsere Dispute außerhalb seines Zimmers, unsere Stimmen aber drangen an sein Ohr, und wenn wir zurück in den Raum kamen, pflegte er mit letzter Kraft unser beider Hände zu ergreifen und als Zeichen der Versöhnung und Brüderlichkeit zusammenzuführen. Sein Edelmut aber bestärkte uns nur im Gefühl der Schuld und fachte unseren Groll aufeinander noch weiter an. So rief ich Jo etwa in Erinnerung, dass ich noch in Tel Aviv gewarnt und behauptet hatte, wir dürften dieses zarte Pflänzchen nicht aus seinem natürlichen Nährboden entwurzeln, während er mir vorhielt, wäre ich ein wenig flexibler gewesen und hätte, zum Beispiel, nur die Abfassung der Broschüre übernommen, die der Staatspräsident mir seinerzeit angetragen hatte, wären wir niemals dort gelandet, wo wir uns jetzt befanden. Die ganze Zeit über nannten wir die Krankheit nicht beim Namen, doch insgeheim wussten wir beide, dass sie es war, der Churi nun erlag.

Bis Jo mich eines Morgens, während seiner Krankenwache, rief, ich solle mir Churis Nachttopf anschauen. Churi hatte Blut gepinkelt! Zu dem Zeitpunkt war er ohnehin schon so blass und abgemagert, dass ich auch so verstand, dass das Ende nahte, aber als ich jetzt Jo gegenüber die schreckliche Krankheit beim Namen nannte, ohrfeigte er mich, entschuldigte sich aber sogleich und flehte mich nur an, ich soll dieses Wort nicht noch einmal aussprechen, weil es ihm den Magen umdrehe.

Einen Vorteil hatte Churis schreckliche Auszehrung. Es war nun nämlich ein Leichtes, ihn zu tragen und für Ausflüge in einen Kinderwagen zu setzen. Wir witzelten manchmal – ziemlich makaber –, Churi sei endlich wieder ein «Muselmane» geworden, ein richtiger Araber also.*

---

* Der Name «Churi» bedeutet «Priester» und weist darauf hin, dass er ein christlicher Araber ist. Sein ausgemergeltes Erscheinungsbild macht ihn nun zum «Muselmanen», so nannte man im KZ die Hungeropfer im Endstadium. (Anm. d. Ü.)

Wir gingen mit ihm im Charlottenburger Schlosspark spazieren und flößten ihm an einem Ausschank Bier ein, das nahrhaft für den Körper ist und auch die Schmerzen ein wenig betäubt. Wir fanden heraus, dass er nach dem Biertrinken kein Blut mehr pinkelte oder sein Urin zumindest heller war, und flößten ihm immer mehr davon ein.

Eines Tages wollten wir Churi eine Freude machen und fragten auf dem Rückweg vom Park durch unser überwiegend von Türken bewohntes Viertel Passanten, wo denn die Moschee sei, und bugsierten ihn dann in seiner Kinderkarre auf den Vorplatz der Moschee. Die Atmosphäre dort würde vielleicht Erinnerungen an sein Dorf wecken, mit den Alten, die ihre Gebetsketten durch die Finger gleiten ließen, den auf einer Bank vor sich hin dösenden Frauen, das Haar unter Kopftüchern versteckt, den Katzen, die um den Schlachterladen herumstrichen, und dem Fleisch, das dort offen am Haken hing und die Fliegen anlockte. Wir ließen ihn für eine Weile dort allein auf dem Vorplatz und setzten uns in ein kleines Café gegenüber, um ihn aus einiger Entfernung im Auge zu behalten. So sahen wir, dass einer der alten Männer zu ihm kam und sich herabbeugte, um zu hören, was er sagte. Churi bat offenbar darum, man möge ihn ins Innere der Moschee schieben, und der Alte kam seiner Bitte nach.

Diese Moschee, so wurde uns hinterher erzählt, wurde von religiösen Fundamentalisten besucht, die Terrorakte unterstützen, doch wir fanden dort Trost. Dort und in der benachbarten Apotheke, deren türkischer Betreiber einwilligte, zu uns zu kommen und Churi schmerzstillende

Mittel zu spritzen, ohne Rezept eines Arztes. Der Apotheker weigerte sich sogar, Geld zu nehmen. Nur um eines bat uns dieser großherzige Mann als Gegenleistung für seine Nächstenliebe, dass wir auf unseren Spaziergängen mit Churi in seiner Karre an allen Ecken und Enden von Berlin kleine Botengänge für ihn erledigten. Die kleinen Tütchen mit dem Stoff, die er uns mitbrachte, wenn er kam, um Churi seine Injektionen zu geben, versteckten wir zwischen Churis Beinen, sodass das Risiko nicht besonders groß war.

Diese Arbeit lenkte uns für eine Weile von unserem Kummer ab. Durch sie lernten wir neue Orte in Berlin kennen, vor allem die prächtigen Gegenden im Westen der Stadt, denn die meisten Kunden des Apothekers kamen aus den sogenannten besseren Kreisen. Die Arbeit konzentrierte sich im Wesentlichen auf die Wochenenden, wenn die Kundschaft den Stoff für ihre Partys benötigte, und manchmal konnte es sogar passieren, dass uns der Apotheker mitten in der Nacht anrief, um uns eiligst zu einem Kunden zu beordern, der mitten in einer Party Nachschub brauchte. Und wir, die wir allmählich der ganzen Sache müde wurden und uns auch zunehmend Sorgen machten, konnten uns nicht weigern, diese Botengänge zu erledigen, anfangs noch aus echter Dankbarkeit gegenüber dem Apotheker, und später dann aus der Not heraus, weil wir Churi nicht einfach so seinen Schmerzen überlassen konnten. In manchen Augenblicken kam mir in den Sinn, man könne ihnen auch auf andere Art ein Ende bereiten, ja relativ einfach sogar, aber der einfältige Grundsatz der «Unantastbarkeit des Lebens» ließ mich meine Gedankenspiele nicht einmal Jo anvertrauen, obgleich ich keinen Zweifel hatte, dass ihm Ähnliches hin und wieder auch in den Sinn kam. Churi hatte tatsächlich bereits jegliche menschliche Gestalt verloren, wenn sich das in diesem Fall so sagen lässt, und sein Anblick war der eines Bündels Knochen, umhüllt von einem gelbgräulichen Hautsack. Irgendwann war es schlicht nicht mehr möglich, mit ihm in der Kinderkarre vor die Tür zu gehen und die Aufträge zu erledigen, die wir bekamen, und schließlich war, abgesehen von seinen schnellen, kurzen Atemzügen, kein Lebenszeichen mehr an ihm festzustellen. Nur wenn wir ihm die Platte von Umm Kulthoum vorspielten, die er über alles liebte, «Tausendundeine Nacht», bewegten sich seine Pupillen fieberhaft hin und her, aber da wir nicht wussten, ob sich nun Leiden oder Genuss dahinter verbarg, ließen wir auch das bleiben.

Eines Tages blieb der türkische Apotheker aus, ohne uns wie sonst vorab darüber zu informieren. Wir warteten noch einen Tag, und als er auch dann nicht erschien, ging Jo zu der Apotheke und fand sie verschlossen. Die Alten auf dem Platz vor der Moschee erzählten ihm, es habe eine Schießerei gegeben und der Apotheker sei schwer verletzt worden. Mehr verstand Jo nicht und wollte auch nicht mehr verstehen.

In jener Nacht wand sich Churi derart vor Schmerzen, dass wir einstimmig beschlossen, sprich: ohne Worte, ihn von seinen Qualen zu erlösen, und wir brachten ihn dorthin zurück, woher er gekommen war, oder zumindest fast - auf die Straße nämlich. Wir legten ihn in eine Decke gewickelt auf eine Unterlage aus Plastiktüten, die wir nicht weit von unserem Haus entfernt neben einem der Müllcontainer ausbreiteten, und kehrten nach Hause zurück. Als wir gegen fünf Uhr am Morgen den Lärm der Müllabfuhr hörten, fassten wir uns im Bett an den Händen und weinten, ohne ein Wort zu sagen. Anmerken möchte ich noch, so grauenvoll das Ganze auch sein mag, dass wir nicht gegen die Müllvorschriften verstoßen haben, da wir ihn neben dem Container für organische Abfälle platziert haben und nicht etwa neben denen für Verpackungsmüll oder Altglas, da man es hier mit der Trennung sehr genau nimmt.

Auf diese Weise hatten wir ihn nicht eigenhändig getötet und konnten uns sogar der Illusion hingeben, er sei irgendwo noch am Leben. So malten wir uns etwa aus, es hätte, ehe er in der Müllzerkleinerungsanlage verschwand, ein Mitarbeiter der Stadtreinigung entdeckt, dass es sich bei ihm um ein Lebewesen handelte, und ihn beiseitegelegt, ja vielleicht sogar beschlossen, ihn mit nach Hause zu nehmen, so wie wir es seinerzeit getan hatten. Wie auch immer, man muss gestehen, dass uns eine Last von der Seele genommen war, jetzt, da wir uns der Verantwortung für sein Wohlergehen entledigt hatten, und zum ersten Mal seit langer Zeit schliefen wir in jener Nacht wieder gut.

Am nächsten Tag schlug Jo vor, wir sollten im Café Einstein Unter den Linden etwas essen. Wir schritten zwischen den schmächtigen Alleebäumen dahin, die noch nackt waren und so mitleiderregend, dass sie an jene Juden erinnerten, die mit den Händen über den Geschlechtsteilen dort gestanden hatten, ehe man sie erschoss. Ich war kurz davor, laut aufzulachen über diesen kranken Vergleich, der mir in den Sinn gekommen war und den laut auszusprechen ich mich hütete, aber dann ließ mich die plötzliche Erkenntnis erschaudern, dass der Aufenthalt hier an diesem Ort, in Berlin, in Deutschland, in meiner Seele alle möglichen Verstecke geöffnet hatte, in denen sich abartige und hässliche Gedanken verbargen, die ich mir nicht einmal selbst hätte eingestehen wollen.

«Was hast du?», fragte mich Jo besorgt. «Irgendwas ist los mit dir. Fühlst du dich gut?»

Ich erwiderte nichts, sondern sah ihn nur aufmerksam an. Er kam mir schön vor jetzt, seine stillen, nachdenklichen Augen ruhten in Erwartung einer Antwort auf mir. Ich zuckte mit den Schultern und sagte, «lass mich». Er versuchte meine Hand zu nehmen, aber ich entzog mich ihm und lief zu einer nahen Sitzbank. «Ist es wegen Churi?», rätselte Jo. «Er war doch nur ein Hund, ein arabischer Köter, er hätte uns zerstört, wenn wir nicht ...»

Als wir aus dem Café Einstein traten, mit seinem Wiener Kaffee, der dort in Kännchen serviert wird, zusammen mit einem etwas größeren Kännchen dampfend heißer Milch, die einem das Herz erwärmt, dem wunderbaren Strudel und der Kellnerschaft - Heten allesamt, aber nett -, dem schönen Interieur im Stil der zwanziger Jahre, sprich Funktionalität gepaart mit der Behaglichkeit klar lackierter Holzintarsien, als wir also von dort in den kalten Abend traten, nachdem wir eine sündhaft teure Flasche Champagner geleert hatten, schlug Jo mir kräftig ins Gesicht und presste mich dann an sich, Mund an Mund, Brust an Brust, und fragte: «Hast du Angst gehabt?»

Später sollte ich eine kurze Abhandlung über Churi verfassen, unter dem Titel «Der Hund als Homosexueller», die ich auch an die Zeitschrift «Unsere Sprache für das

Volk» schickte. Ich bekam sie versehen mit folgenden Worten zurück: «Sehr geehrter Herr Ziffer, zu unserem Bedauern können wir Ihren Beitrag nicht verwenden.»

Der Hund als Homosexueller
Ein Beitrag zu Ehren von Ch., unserem treuen Hund

Im fünften Buch Mose 23, 18–19 steht geschrieben: «Nicht sei Weihdirne von den Töchtern Jissraels eine, nicht sei Weihknabe von den Söhnen Jissraels einer. Bringe nicht Hingabelohn einer Hure und Mietpreis eines Hündischen in SEIN deines Gottes Haus, auf allerart Gelübde hin, denn IHM deinem Gott ein Gräuel sind beide zumal.»

Aufgrund der Kongruenz der beiden Verbote in den oben zitierten Versen ist anzunehmen, dass der Begriff «Kadesch», also Weihknabe oder Tempelhurer, mit dem Wort «Hund» korreliert und beide als Synonyme verwendet werden für eine wie auch immer geartete kultisch-rituelle Prostitution männlichen Geschlechts, wie sie bei den Kanaanitern üblich und für die Söhne Israels verboten war. Im Buch der Könige finden sich unter den Gräueln, die im Lande Israel zur Zeit des Königtums verbreitet waren, mehrfach auch die «Kedeschim» erwähnt, also männliche Huren, die sogar eigene Behausungen im Tempelbezirk in Jerusalem hatten. Aus phönizischen Quellen wiederum wird ersichtlich, dass diese männlichen Huren tatsächlich «Hunde» genannt wurden, scheinbar ohne direkte Verbindung zum Tier gleichen Namens.

Der Vers verfolgt zweifelsohne das Ziel, weibliche wie

männliche Prostitution gleichermaßen zu ächten. Gleichzeitig jedoch verbirgt sich hier, meiner unmaßgeblichen Meinung nach, eine durchaus progressive Botschaft, da die vollkommene Parallele zwischen der «Kedescha» und dem «Kadesch», der Weihdirne und dem Weihknaben, und zwischen der Hure und dem «Hund» (wie auch immer seine Bedeutung gewesen sein mag) uns lehrt, dass der alttestamentarische Autor in der männlichen Prostitution mitnichten eine Sünde sieht, die sich von der weiblichen Hurerei unterscheidet. Er verabscheut beide in gleichem Maße und verbannt sie mit einem Strich des Federkiels aus seiner Welt, erkennt aber ihre Existenz außerhalb der Grenzen der religiösen Jurisdiktion sehr wohl an.

Doch lassen wir die Ethik und konzentrieren uns auf den Bereich der sprachlichen Gegenüberstellung, der hier anklingt. Denn ich behaupte, der obige Vers lehrt, dass im sprachlichen Unterbewusstsein der hebräischen Bibel der Homosexuelle und der Hund offenbar ein und demselben semantischen Feld zugehörig sind. Zwar würde im modernen Hebräisch niemand einen Homosexuellen «Hund» nennen, es sei denn, um zu provozieren, dennoch bedarf es nicht viel Fantasie, um auf den Spuren der Bibel wandelnd Parallelen zwischen beiden zu finden. Der Hund wie auch der Schwule sehnen sich nach einem Herrn, schwanken zwischen Treueinstinkt und Verlustangst, und tatsächlich ist das Bild «wie ein Hund» recht verbreitet in den Frivolitäten, die sich Schwule während des Liebesaktes sagen: «Leck mich wie einen Hund», zum Beispiel, oder «geh auf alle viere wie ein Hund» (siehe auch den Aufsatz von S. Ilan, «Man warf ihn den Hunden vor», *Unsere Sprache für das Volk*, Nr. 42, Heft 7, Kisslew 5741).

Ich versuche mir diese Weihknaben, diese Kedeschim oder Hunde, vorzustellen, geschminkt wie Frauen, wie sie von den Soldaten König Josias herausgeführt werden, eine Szene, die sich in aller Knappheit im zweiten Buch der Könige beschrieben findet, aus ihren Hütten im Hof des Tempels, und man sie köpft unter dem Gejohle der Menge, die nur wenige Tage zuvor sich noch mit ihnen vergnügt hatte. Wer hat sie beweint? Wer begraben? Oder hat man sie wie Hunde von der Mauer des Tempelbezirks geworfen, auf dass ihre Schädel an den Felsen zerplatzten?

Die Stadt der Juden machte den Kedeschim und Hunden den Garaus, die hebräische Bibel jedoch bewahrte, in einigen wenigen Versen, ihr Andenken, um es an uns weiterzugeben.

In einer anderen Stadt auf diesem Erdball, in Istanbul, so wurde mir bei meinem letzten Besuch dort berichtet, erfolgte vor einigen Jahren eine Aktion zur Dezimierung der Hundebestände. Hunderte, Tausende, ja Zehntausende Hunde wurden durch beflissene Mitarbeiter der Stadtverwaltung eingefangen und mit Schiffen auf eine Verbannungsinsel mitten im Meer geschafft, ein ödes Eiland, auf dem die Hunde einander zerfleischten oder unter schrecklichen Qualen an Hunger verendeten, sodass ihr Jaulen zu den Fenstern der Bewohner dieser Stadt drang.

In Berlin, der Stadt, die ich mir zuletzt als Wohnsitz erkoren habe, wurde seinerzeit das Bonmot geprägt, «Zutritt für Hunde und Juden verboten», wobei während jener Jahre ausgerechnet die hündische Rasse einen

Aufstieg erlebte und nur die jüdische Rasse immer weiter abstieg, am Ende eines langen Prozesses gegenseitiger Animositäten zwischen dem Hund und dem Juden. Aus Berlin erging auch der Befehl, die Rasse der Homosexuellen auszurotten, in einer Art ungewolltem Einklang mit dem jüdischen Religionsgesetz, der *Halacha*. Mit anderen Worten, auch im nationalsozialistischen Lexikon treffen der «Kadesch» und der Hund in einer sonderbaren Kreuzung aufeinander, der Kreuzung des Juden, gleichwertig sowohl dem Hund als auch dem «Kadesch» (dem Homosexuellen). Wer indes für die Verbindung zwischen dem Hund und dem Homosexuellen «positivere» Wurzeln in der europäischen Kultur finden möchte, der sei an Friedrich den Großen, König von Preußen, erinnert, dem homosexuelle Neigungen nachgesagt wurden und dessen Wunsch es war, im Garten seines Schlosses an der Seite seines geliebten Hundes begraben zu werden, als Gleicher unter Gleichen!

Doch kehren wir zurück zum biblischen Wortpaar «Kadesch»/«Hund» und seinen Metamorphosen in anderen Kulturen. In zahlreichen Kulturen dient der Hund als Führer des Verstorbenen in die Welt der Toten und als Wächter seines Grabes. Dies gilt sowohl für das alte Ägypten als auch für die germanische Mythologie, während die Mexikaner auf dem Grab eines Menschen dessen Hund zu opfern pflegten, damit dieser ihm auf seiner langen Reise ins Land der Toten behilflich sein konnte. Andererseits dient in vielen Kulturen das Wort «Hund» als Metapher für das männliche Geschlechtsorgan, wird der sexuelle Appetit des Mannes mit der Fresssucht des Hundes verglichen ...

Wohin führt uns all dies?

Hund, Sex, Tod: Vor einiger Zeit hatten wir, mein Lebensgefährte und ich, einen Hund von der Sorte, die im Volksmund Araberhund genannt wird. Wir fanden ihn auf einem Gehweg in Tel Aviv und nahmen ihn mit nach Berlin, nachdem man uns in Israel seinetwegen das Leben zur Hölle gemacht hatte. In Berlin erkrankte er an einer unheilbaren Krankheit, und als wir ihn nicht länger leiden sehen konnten, haben wir ihn getötet.

Churi – so war sein Name – beklagte sich niemals und ertrug still all seine Qualen. Wie schön war er, als er noch ganz gesund war – mit seiner entblößten Brust, seiner ausgeblichenen Jeans, die von einem schwarzen Gürtel gehalten wurde, und dem Staub der Straße, der auf seinen Bartstoppeln, seinen Armen, seiner Brust und seinen Warzen ruhte. Aber als er krank wurde, wurde er zu einer Last, das gestehe und gebe ich zu. Denn für mich war er nicht mehr als bloß ein Körper, und einem Körper, so göttlich er auch erscheinen mag, ist weder Ewigkeit noch Erbarmen beschieden.

Churi hat uns einige Stunden unseres kurzen Lebens auf Erden angenehmer gestaltet, und mich hat er etwas über das menschliche Geschlecht gelehrt – und vor allem über mich selbst.

Alle möglichen Vorurteile kursieren über Churis Volk: Dass es grausam, verräterisch, feige, verschlagen und schmutzig sei. Doch Churi hatte nur sehr wenig von all dem. Und nach und nach gelang es uns, ihn zu einem kultivierten Menschen zu machen – dieser Illusion zumindest gaben wir uns hin. Im Nachhinein ist mir indes klar, dass je mehr er nach außen hin ein zivilisierter Zeitgenosse wurde, seine innere, animalische Vitalität abstarb. Sodass in seinem Tode nicht er es war, der starb, sondern eine erstarrte, dressierte Kreatur, die sich vollkommen von dem unterschied, den wir in Tel Aviv auf der Straße aufgelesen hatten.

«Denn IHM deinem Gott ein Gräuel sind beide zumal», sagt der Vers. Und ich sage: Gott liebt sie beide - den Hund und den Kadesch, wie sie sich in der Gestalt Churis verkörpert fanden. Und so wie es Kulturen gibt, die den Hund auf dem Grab seines Herrn zu opfern pflegen, gedenke ich, hiermit mein Leben auf dem Grab meines geliebten Hundes und Weihknaben zu opfern - wenn auch nicht mein Leben tatsächlich, so aber doch mein Sexualleben. Ich habe dies meinem Lebensgefährten mitgeteilt und es seiner Entscheidung überlassen, mich zu verlassen oder in Keuschheit mit mir weiterzuleben. Ich bin impotent, im wahrsten Sinne des Wortes.

*

Wer denkt, in Berlin könne es nicht brütend heiß wie in Tel Aviv sein, der irrt gewaltig. Eine Affenhitze und kein Ort, an den man flüchten könnte, weil es nirgendwo Klimaanlagen gibt. Auch die Methode, die Fensterläden zu schließen, um die Kühle drinnen zu halten, funktioniert hier nicht, weil die Fenster keine Läden haben. Was macht man also? Man zieht sich aus und setzt sich auf den schmalen Balkon, in der Hoffnung, es kommt eine Brise auf und trocknet den Schweiß. Ziffer jedoch beharrt darauf, drin zu hocken, um keine Zeit zu verschwenden, und tippt. Ich zerfließe auf einem Stuhl auf dem Balkon, meine Beine über das Geländer gehängt, und blättere in der Juliausgabe der *Brigitte.* Ziffer macht sich über mich lustig, dass ich Modejournale kaufe. Soll er doch, mir egal, ich genieße es, mir die Werbung für schicke Sachen und Cremes anzugucken und zu träumen, ich schlenderte durch einen klimatisierten Laden und kaufte, wozu ich Lust hätte.

Ziffer arbeitet wie ein Besessener, und mir ist klar, dass er versucht Churi zu vergessen und das, was mit ihm passiert ist. Oder er verarbeitet die fröhlichen und traurigen Erlebnisse, die wir mit ihm hatten, für sein Buch. Wenn dem so ist, könnte man sagen, dass wir ihn geopfert haben, damit Ziffer Stoff zum Schreiben hat, und das ganz in Ordnung finden. Dieser Gedanke lässt mich schaudern. Das ist moralisch ganz und gar nicht in Ordnung, so zu denken, aber Kunst ist nun mal nichts Moralisches.

Ich erinnere mich an jenen grauenvollen Morgen, an dem Churi losjaulte, als wir mit ihm Gassi gehen wollten, meinte, er fühle sich nicht gut, und versuchte sich von der Leine loszumachen. Aber Ziffer hatte nun einmal beschlossen, dass er hinter dem Stöckchen herrennen und es ihm schneller zurückbringen müsse als beim letzten Mal. Er schleuderte den Stock weg und schaute auf die Uhr, aber Churi war einfach nicht in der Lage zu laufen und lag nur hechelnd im Gras. Ziffer brüllte, er sei ein fauler Sack, und trat ihm in die Rippen, worauf Churi die Zähne fletschte und anfing zu bellen und Ziffer ihn an einen Baum band und mit dem Stock schlug. Ich war wirklich der Meinung, er sei zu weit gegangen, verband Churi die Wunden und saß die ganze Nacht neben ihm. Das Erste, was er am nächsten Morgen zu mir sagte, war «Hure».

Ziffer dagegen leckte er die Füße und erhielt in der darauffolgenden Nacht von ihm die Erlaubnis, auf dem Teppich vor unserem Bett zu schlafen. Ich hab's drangegeben, die Psychologie dieser Geschöpfe zu verstehen: Bist du nett zu ihnen, spucken sie dich an; peinigst du sie, lecken sie dich.

Am Ende hab ich Ziffer die Rolle des Erziehers überlassen - er wollte Churi dazu abrichten, mit dem Schlechten zu rechnen, um das Gute schätzen zu können - und hab mich nicht eingemischt bei den Strafen, die er ihm verpasste, selbst wenn sie sehr überzogen waren. Zum Beispiel hat Churi einmal vergessen, Wasser in den Eiswürfelbehälter zu füllen, nachdem er ihn benutzt hatte. Ziffer ließ ihn auf dem Boden neben sich Platz machen und zwang ihn, ein ganzes Schreibheft mit dem Satz zu füllen: Ich bin ein dreckiger Hund. Und als der Ärmste fertig war, fand Ziffer, die Schrift sei nicht schön, und nötigte ihn, das Ganze noch mal zu schreiben. Churi weinte, war puterrot und zitterte am ganzen Körper, aber Ziffer war nicht zu erweichen.

Und dann war da noch das Thema Waschen. Die Abmachung war, dass wir Churi abwechselnd wuschen, ein Tag ich, ein Tag Ziffer, da er alleine mit dem heißen und kalten Wasser in der Badewanne nicht klarkam und sich noch nicht einmal selbst waschen konnte. Bei mir spielte Churi immer verrückt, spritzte Wasser in alle Richtungen, und wenn ich ihn am Hintern berührte, war er sogar in der Lage, mich zu beißen, weil er darauf beharrte, sein Hinterteil allein zu waschen. Ich durfte ihm nur ein bisschen Seife in die Hand machen. Aber bei Ziffer sah das ganz anders aus: Er packte Churi einfach am Hals, und wenn der sich wehrte, drückte er ihm den Kopf unter Wasser, bis Churi zappelte und aufgab.

Natürlich änderte sich alles, als Churi dann erkrankte: Ziffer wurde weich und nachsichtig, und wenn Churi ihn darum bat, spuckte er ihm ins Gesicht und in den Mund, um ihn ein bisschen zu kühlen, und lag oft stundenlang auf dem Boden und spielte mit ihm. Ich dagegen brüllte die beiden immer an, sie sollten sich nicht die Sachen schmutzig machen, wenn sie sich auf dem Fußboden herumwälzten, weshalb Churi in dem Gefühl starb, ich sei die Hexe im Haus und Ziffer der Gerechteste unter der Sonne. Eines Tages werde ich, wie bereits gesagt, die ganze Wahrheit über Ziffer schreiben, aber nicht jetzt, ich warte, bis er noch viel berühmter geworden ist.

Jetzt, wo die Wohnung still und öde geworden ist und Ziffer sich darauf versteift, die ganze Zeit zu schreiben, gehe ich in den Straßen spazieren. Jeden Tag nehme ich mir eine andere Straße vor, gehe vom Anfang zum Ende und auf der anderen Straßenseite zurück und entdecke alle möglichen interessanten Dinge.

Zum Beispiel neben der modernen, hässlichen Deutschen Oper, auf der linken Seite des Gebäudes, gibt es eine öffentliche Toilette, die in jedem Gay-Stadtführer auftaucht und heute geschlossen ist, nachdem drei Türken dort einen Deutschen an der Wasserleitung aufgehängt haben. Und an der Ecke derselben Straße findet man eine kleine Dönerbude, die absonderlich wirkt mit dem sich drehenden Fleischspieß und dem Weihnachtsschmuck, der noch immer den ganzen Laden beherrscht – wie die Höhle eines Steinzeitmenschen, den es ins 20. Jahrhundert verschlagen hat.

In einer anderen stillen Straße mit hohen Wohnhäusern, Mietskasernen, zur Linken und zur Rechten und einem schmalen Bürgersteig davor sah ich einen weiß gekleideten schwarzen jungen Mann aus einem der Hauseingänge treten und hinter ihm eine dunkelhäutige junge Frau im geblümten Kleid, die Haare vollständig zu kleinen Zöpfchen geflochten. Er war groß und schlaksig mit dünnen Stelzenbeinen und sie redete und redete und versuchte ihm zu signalisieren, dass er sie in den Arm nehmen sollte, aber er schritt steif und aufrecht aus, die Hände an den Körper gelegt. Sie gingen zu einem kleinen Platz an der nächsten Straßenecke, wo eine Kirche in mittelalterlichem Stil steht. Vor der Kirche hatte sich eine große Gemeinde von Schwarzen eingefunden und auf den Kirchenstufen standen offenbar die Eltern der Braut und des Bräutigams. Der junge Mann und die junge Frau traten zu ihnen, küssten sie und mischten sich dann unter die Gäste, die auf dem Platz standen. Ich war glücklich für die beiden und stellte mir vor, dass Ziffer und ich eines Tages so heiraten würden, in Weiß und mit Blumen, und niemand würde es komisch finden.

Gleich hinter dem Platz gibt es ein kleines Café, «Die drei Musketiere». Ich trat ein und bestellte mir eine Tasse Kaffee. Danach absolvierte ich in einer Viertelstunde noch den Rest der Straße, und als ich zurückkam, passierte ich erneut die Kirche. Die Türen waren geschlossen und der Klang einer Orgel ergoss sich nach draußen. Ich beschloss, sollte es tatsächlich einmal dazu kommen, dass wir heiraten würden, dann in einer Kirche, nicht weil ich Christ sein möchte oder so, sondern weil das schöner und feierlicher ist. Außerdem wird kein Rabbi jemals einwilligen, uns zu trauen.

Ziffers Eltern haben uns geschrieben, dass sie uns besuchen kommen wollen, und die Wahrheit ist, dass es mich inzwischen schon nicht mehr juckt vor lauter Langeweile, zumal Ziffer anfängt, mir wieder Sorgen zu bereiten, mit seinen Schweigsamkeitsanfällen und diesem stundenlangen In-der-Dunkelheit-Sitzen, ohne sich zu rühren. Und ich kenne niemanden in dieser Stadt und verspüre auch keine große Lust, in eine dieser Bars zu gehen, ein Bier nach dem anderen zu trinken und mit Kopfschmerzen und randvoller Blase nach Hause zurückzukehren, denn im Leben würde ich dort nicht auf die Toilette gehen, einfach eklig.

*

Ich habe mich bislang weder mit Aids infiziert noch bin ich daran erkrankt. Das folgende Kapitel ist nur geschrieben, um es im Bedarfsfall parat zu haben.

Berlin. Januar. Der zugefrorene weiße See breitet sich vor mir aus wie ein Menetekel. Bald schon werden Ruhe und Sorglosigkeit kommen. Ich bin abgemagert und federleicht, möchte nichts als schlafen, allein sein und schlafen.

Jo weigert sich, das zu akzeptieren. Er möchte mich zerstreuen: Schwatzt und schwatzt und schiebt von Zeit zu Zeit mein Bett auf den geschlossenen Balkon, damit ich mich an der Landschaft und dem strahlend hellen Himmel erfreue. Und stundenlang liest er mir vor – Gedichte, Prosa. Zumeist dämmere ich weg und höre gar nichts:

Was bringt mir jetzt noch ein Gedicht, eine Erzählung? Er will, dass ich die Hoffnung nicht verliere. Aber was bringt mir die Hoffnung? Ich möchte schlafen, mich nicht bewegen, wie der zugefrorene See.

Ein Hund läuft dort auf dem Eis seinem Besitzer hinterher, der auf Schlittschuhen dahingleitet. Selbst bei geschlossenem Fenster höre ich das Kreischen des Eises, das sich mir wie ein Bohrer in den Schädel gräbt. Schon der geringste Lärm bereitet mir Pein, jede Berührung verletzt mich. Meine Nerven liegen blank, ich habe keine Haut mehr, die mich schützen könnte.

Davon abgesehen ist das Leben alles in allem ganz angenehm: Ich muss nicht mehr arbeiten, habe alle Aufgaben erfüllt, die ich mir noch als «zu schaffen» auferlegt hatte. Als ich von meiner Erkrankung erfuhr, habe ich fieberhaft gearbeitet, um etwas zu hinterlassen. Insgesamt habe ich drei Bücher und noch etliche andere Schriften verfasst. Aber interessiert mich wirklich, was nach meinem Tod sein wird? Dieser See, der Hund, der Himmel und die Sonne, was kümmert es sie, ob ich etwas hinterlasse oder nicht? Ich habe keine Angst zu sterben, fürchte jetzt weder Mensch noch Gott. Denn die Krankheit hat mich zum Übermenschen gemacht.

Jo hat einen Riesenaufstand gemacht, als er herausfand, dass in der Bibliothek im Hospiz die deutschen Übersetzungen meiner Bücher nicht zu finden sind, obwohl er selbst Exemplare gespendet hatte. Wie sich herausstellte, war die Bibliothekarin noch nicht dazu gekommen, sie zu katalogisieren. Hätte ich noch die Kraft zu sprechen, würde ich versuchen ihm zu erklären, dass das alles nicht mehr von Belang ist. Aber auch dann würde er mich bestimmt nicht begreifen, denn die Gesunden werden niemals die Perspektive derjenigen verstehen, die dem Tod entgegengehen. Von mir aus sollen sie meine Bücher verheizen, zumal meine Beine immerzu eiskalt sind. Ich träume von einem Pelzmantel, den man mir über die Beine legt. Ein Eisbärenfell. Keine Ahnung, wie ein Eisbärenfell aussieht und wie man das Tier erlegt, ohne sein Fell zu beschädigen - sicher mit grausamsten Methoden. Na ja, Grausamkeit rührt mich auch nicht mehr. Was mich aber wahnsinnig macht, ist der Lärm vom Türenschlagen, vom Bettenschieben und Schlurfen auf den Gängen. Der schlimmste Lärm von allen aber ist der der Waschmaschine, wenn sie die Wäsche schleudert. Ich kann spüren, wie die ausgequetschten Wäschestücke sich in ihrem Schmerz winden, wie sie sich verformen und ineinander verschlingen wie die Leichen, die aus den Gaskammern geholt wurden. Das ist so meine Assoziationswelt in diesen Tagen.

Ich habe Jo vorgeschlagen, nach Israel zurückzukehren und mich hier zurückzulassen und seine Zeit nicht auf die überflüssige Pflege zu verschwenden. Er war empört: «Auf gar keinen Fall!», hat er gesagt. «Ich hasse dieses raffgierige Land, das nur zu nehmen und nichts zu geben weiß!» Der Wahrheit zuliebe muss ich gestehen, dass es auch mir, bei aller Sympathie, die ich noch für Israel empfinde, leidtut um all die Jahre, die ich dort in dem naiven Glauben vergeudet habe, die Tatsache, dass ich auf Hebräisch schreibe, sei von irgendeiner Bedeutung. Hebräisch! Welch blödsinnige und dürftige Sprache! Wie bedauerlich, dass ich keine Gelegenheit mehr finden werde, um meine Meinung in aller Form zu Papier zu bringen über diesen Betrug namens «hebräische Sprache»!

Von Mal zu Mal höre ich von Jo unterschiedliche Reaktionen auf meine Bücher dort im Lande. Die Krankheit hat mich zu einem Star gemacht. Ein Literaturwissenschaftler schreibt eine Biografie oder Monografie über mich und will sich mit mir treffen. Er wäre sogar bereit, ein Flugzeug zu nehmen und herzufliegen, sollte ihm gestattet werden, mich von Angesicht zu Angesicht zu sehen. Ich habe Jo gesagt, er soll ablehnen. Ich will nicht einer der Insassen des Lexikons der hebräischen Literatur sein. Am besten, man vergisst mich ganz. Vergebens spielt Jo die Rolle eines Max Brod. Ich bin nicht Kafka. Ist er wirklich der Meinung, er könne nach meinem Tod sein Leben ausfüllen mit der Verbreitung meiner Botschaft in der Welt? Immerhin gibt es auf ebendieser Welt Dutzende, wenn nicht Hunderte von homosexuellen Autoren und tausendundeine Lebensbeichte von Aids-Kranken. Aber wie gesagt, was kratzt mich das.

Der arme Jo. Meine Pflege nimmt all seine Zeit in Anspruch. Ich habe ihm gesagt, er solle ausgehen und sich ein bisschen amüsieren, neue Leute kennenlernen. Aber immer wenn ich so etwas sage, bricht er in Tränen aus, und jetzt habe ich ohnehin nicht mehr die Kraft, noch irgendetwas zu sagen. Es stört mich wirklich nicht, wenn er sich von Zeit zu Zeit einen aufgabelt, bei dem er seinen Druck ablassen kann. Wäre ich an seiner Stelle, würde ich es genauso machen. Zwar kann ich, wenn ich ihn in meiner Fantasie sich in fremden Betten mit anderen Kerlen wälzen sehe, nicht anders als hoffen, dass er sich nachher insgeheim sagt, mit mir sei es anders gewesen, mit mir habe der Sex eine «Bedeutung» gehabt – doch trotz alledem bin ich nicht eifersüchtig.

Jo weiß, dass es eine einzige Lage gibt, in der mir das Atmen keine Schmerzen bereitet – ich muss auf der rechten Seite liegen und mich wie ein Embryo zusammenkauern –, und jeden Morgen richtet er mich so aus. In dem Augenblick, in dem die Schwester, die kommt, um das Laken zu wechseln, mein Schmerzstöhnen ignoriert und mich gnadenlos lang ausstreckt, das Zimmer wieder verlässt, eilt er an mein Bett und faltet mich wieder zusammen. Die Marter des täglichen Bades indes kann er nicht abwenden, steht draußen und weint, wenn er sieht, wie dieser Sack Knochen, zu dem ich geworden bin, abgebraust wird, doch gleich danach lindert er meine Schmerzen mit Babyöl, verstreicht es auf meinem Körper mit größter Behutsamkeit, die uns beide an Wonnen aus besseren Tagen erinnert.

Manchmal fantasiere ich vor mich hin und sehe Jos Schicksal nach meinem Tod, sehe ihn auf dem Bürgersteig vor dem Hauptbahnhof in Berlin sitzen, eine Bierdose in der Hand, sehe ihn untätig in unserer leeren Wohnung im Unterhemd auf dem Sofa liegen, Bier trinkend, wie er aufsteht, um pinkeln zu gehen, zurückkommt, sich wieder hinlegt und auf den Fernseher stiert. Mich selbst sehe ich in einer Parfümwolke, wie ich versuche zu ihm zu rudern, um ihm zu sagen, er solle etwas schreiben und aufhören schwarzzusehen und nicht befürchten, es werde heißen, er habe das alles nur von mir übernommen.

Mit letzter Kraft versuche ich daher, diese Zeilen zu Papier zu bringen, die ihm ein Trost sein mögen, etwas, auf das er stolz sein kann:

Hätte ich Jo nicht kennengelernt, meinen Freund und Lebensgefährten, hätte ich in meinem Leben nicht eine einzige Zeile geschrieben. An einem drückend heißen Tel Aviver Abend, als wir auf meine Eltern warteten, die sich zum Abendessen angekündigt hatten, beschloss ich, mit der Abfassung jenes Romans zu beginnen, der mir später öffentliches Interesse eintragen sollte, wie es bis dahin keinem homosexuellen Autor in Israel jemals zuteilgeworden war. Jo gab mir volles Vertrauen und Unterstützung, während er selbst im Schatten verblieb. An jenem Abend fiel die Entscheidung, von unserer Idee, ein Kind zu adoptieren - ein Vorgang, der uns gewiss in endlose gerichtliche Auseinandersetzungen verwickelt hätte -, endgültig Abstand zu nehmen, damit ich mich ganz und gar dem Schreiben widmen könnte. Das Verfassen eines Romans erschien mir zum damaligen Zeitpunkt so unglaublich abstrakt! Aber Jo gab nicht nach und ganz allmählich fand ich mich in die Erzählung unserer Geschichte, die lange und gewundene Geschichte eines homosexuellen Paares, das durch die auf den ersten Blick doch so tolerante moderne Gesellschaft pausenlos schikaniert und zu verzweifelten Taten getrieben wird. In all diesen schweren Tagen war Jo mir eine Lichtsäule, eine ganze Welt aus Licht. Ohne ihn hätte ich den Verstand verloren.

Er war mir Freund, Heim, tröstende Schulter und Sandsack. Als ich in eine seelische Krise geriet, kam er mit mir auf eine ausgedehnte Reise nach Deutschland, eine Reise, die bis auf den heutigen Tag andauert. Gegen seinen Willen packte er unsere Koffer und fuhr mit mir in das einzige Land, in dem ich bereit war zu leben, nach

Berlin, die einzige Stadt dort, in der ich Zuflucht finden konnte. Denn in dieser Stadt kumuliert alle Schuld dieser Welt, aller Ruß des Bösen, in ihren Straßen tönen alle Trompeten des Jüngsten Tages. Aber nach kurzer Zeit nur, so scheint mir, verliebte sich Jo noch stärker in sie als ich - in das Menschengemenge auf ihren Straßen, ihre schwarzen Kanäle und weißen Schwäne. Und jetzt hat sich Berlin für mich ganz und gar auf Jo reduziert, da es keinen Ort gibt, der Jo, meinem klugen und einfühlsamen Geliebten, näher wäre. Er sieht in ihr die religiöseste Stadt der Welt, denn er ist überzeugt, dass diese zürnende Stadt, die Dichter gebar und in den Tod schickte, die alles überdauert hat, auch bestehen bleiben wird, sollte ganz Europa erneut in Rauch aufgehen.

Jo übernahm die Aufgabe, mir diese Welt voller Schmutz und Abschaum in rosigeren Farben zu präsentieren, und er tat dies mit solcher Hingabe, dass ich ihn zuweilen beiseiteschieben wollte, um rauszugehen und für einen Augenblick nur einen Blick von der Welt zu erhaschen, wie sie wirklich war. Bei einem dieser armseligen Versuche widerfuhr mir das Unglück, das ich seitdem in meinem Körper mitschleppe. K. war perfekt, ein Genie, ein *Loverlover*. Aids war seiner Ansicht nach nicht mehr als ein Mythos, den die Fundamentalisten erfunden hatten. Und so liege ich heute vor euch.

Aber Jo verstieß mich nicht, er begleitete mich zu allen Behandlungen und Therapien mit Tränen in den Augen, beschützte mich und hielt sogar meine Eltern, die helfen wollten, von mir fern. Er wurde wie ein Tier, das keine Hemmungen kennt und nur ein Ziel hat: mich zu beschützen. Hier ein kleines Beispiel, das seine Hingabe verdeutlichen möge.

Erstaunlicherweise gibt es eine Funktion meines Körpers, die scheinbar durch die Krankheit nicht in Mitleidenschaft gezogen wurde: der Bartwuchs. Morgen für Morgen spüre ich von Neuem das Kratzen der Bartstoppeln an meinem Hals, ehe Jo mich rasiert. Jeden Tag erhöht er meinen fiebrigen Kopf mit einem weiteren Kopfkissen, murmelt einige Zärtlichkeiten und macht sich ans Werk. Der Rasierschaum kühlt mein Gesicht, ich sehe es im Spiegel vor mir und es sieht aus wie ein Eisfeld. Jo liebkost mich mit dem Rasiermesser mit unbeschreiblicher Sanftheit, berührt meine Haut kaum, und immer wieder muss ich an unseren dritten Hochzeitstag denken, als wir unseren ganzen Körper mit Schlagsahne eingestrichen haben.

Herr Peters, der alte Mann, der im Bett neben mir liegt und Tag und Nacht hustet, verfolgt mit fassungslosem Staunen und vor Neid weit aufgerissenen Augen, wie Jo mich rasiert, und Tränen rinnen ihm über die Wangen. Jeden Sonntag kommt ihn seine Tochter besuchen. Sie kleidet und schminkt sich in grellen Farben und verströmt penetranten Parfümgeruch. Der Alte hasst sie und tut so, als schliefe er, um nicht mit ihr reden zu müssen. Sie bleibt zehn Minuten sitzen, fächelt sich mit der Zeitung Luft zu, und wenn sie weg ist, schlägt ihr Vater die Augen auf und entlädt seine ganze Verbitterung in einem gewaltigen Hustenanfall. Danach richtet er seinen Blick auf die gemalten Engel an der Zimmerdecke.

*

Ich werd nicht so tun, als ließe mich das kalt, was Ziffer über mich geschrieben hat. Aber warum findet das alles nur in Worten statt und nicht in der Realität? Schön simpel, diese Aids-Schiene zu fahren und sich dann in entzückenden Worten zu ergießen über den besten Freund, der geholfen hat und so weiter. Aber was spielt sich tagein, tagaus bei uns ab? Und was reitet ihn, dass er plötzlich überhaupt auf Aids kommt? Soll mir das irgendwas signalisieren? Geradeheraus mit ihm zu reden ist bereits völlig unmöglich geworden. «Wozu sind wir eigentlich nach Berlin gekommen?», hab ich zu ihm gesagt. «Du genießt die Stadt überhaupt nicht, gehst nie raus, du könntest genauso gut in einem Kloster hocken!» – «Was gibt es denn hier schon groß zu tun?», sagt er zu mir. Als ob es in Berlin nichts zu tun gibt! «Soll ich dir beweisen, dass es was zu sehen gibt?», hab ich ihn gefragt. Und bin losgegangen, zwei Karten für ein wunderbares Ereignis zu besorgen: Im Alten Museum von Berlin, auf der Museumsinsel, fand eine «Lange Nacht» statt, in der die Besucher eingeladen waren, bis spät in die Nacht zwischen den Bildern herumzuspazieren, während Musiker und Schauspieler überall Werke aus der Entstehungszeit der jeweiligen Bilder aufführten. Es war atemberaubend. Und was sagt Ziffer, als wir wieder zu Hause sind? Er sagt: «Das war so ein richtiges Event für die *nouveau riche*, die eigentlich nichts von Kunst verstehen.» Nu, nu, der Herr Ziffer ist gekommen, um den Menschen in Berlin beizubringen, was echte Kunst ist. Da hab ich mich schon nicht mehr zurückhalten können und ihm die Wahrheit über ihn gesagt, hab gesagt, dass er in künstlerischer Hinsicht einfach am Ende sei, weshalb er Frust schiebe und es an anderen auslasse.

Doch anstatt sich über mich aufzuregen oder so was in der Art, zuckte er bloß mit den Achseln und meinte: «Wenn es das ist, was du über mich denkst!» Nicht mal den Satz hat er zu Ende gebracht und ist wieder in sein Schweigen verfallen. Ich hab ihm gesagt: «Vielleicht hast du mich ja satt. Wenn dir das guttut, nehme ich meine Sachen und gehe.» Er hat gelächelt. Und ich: «Vielleicht vermisst du ja deinen Vater und deine Mutter?» Ausgerechnet darauf reagierte er aus irgendeinem unerfindlichen Grund und sagte: «Ich hab mich noch nicht an Deutschland gewöhnt. Das wird mich noch einige Zeit kosten.»

Und dann, genau in dem Moment, breitete sich in der Wohnung der bekannte Geruch aus und eine Minute später klingelte auch schon das Telefon: Ziffers Mutter! Nachdem sie gefragt hatte, wie es uns gehe und all das, verkündete sie, sie hätten uns eine Überraschung bereiten wollen und seien nach Deutschland gekommen, aber sie wollten nicht stören, also machten sie erst mal Bayern unsicher und seien gestern in dem Dorf angekommen, in dem Ziffers Vater seine Kindheit verbracht habe, und wenn wir wollten, aber nur, wenn wir wirklich wollten und es nicht störe, könne sie uns trotzdem besuchen kommen, da sie die Erinnerungen ihres Gatten schon über habe, zumal er dort alle möglichen Greise treffe, die sich angeblich noch an ihn erinnerten, und sie das Gefühl habe, ihm zur Last zu fallen. «Seit wann kannst du jemandem zur Last fallen?», fragte ich todernst und wäre jeden Moment fast vor Lachen geplatzt. Sogar Ziffer, als ich ihm davon berichtete, konnte nicht anders, als ein bisschen zu lächeln. Ich sagte ihr, sie solle ruhig kommen, denn vielleicht könne ihr Besuch irgendwas gegen Ziffers Niedergeschlagenheit ausrichten, auch wenn ich genau wusste, dass er sie viel schneller über haben würde als ich. Als ich Ziffer sagte, sie käme, schien ihn das zwar völlig kaltzulassen und er machte einen auf gleichgültig, aber ich denke, innen drin tat es ihm gut, denn plötzlich hörte ich ihn auf der Toilette singen. Ich nutzte gleich seine gute Laune und fragte ihn abermals, als er von dort wieder auftauchte, worüber er ständig nachdenke, dass er nicht mal die Zeit habe, mir zu antworten. Er sagte, ihm gehe Churis Jaulen nicht aus dem Kopf, nachdem ich, jawohl ich, ihm einmal eine Ohrfeige verpasst hätte, weil er frech geworden sei und mich Hurensohn genannt hatte. «Ich?» Ich konnte es nicht glauben. «Du warst es doch, der ihn wer weiß wie oft geschlagen hat.» – «Ja», erwiderte er, «aber diese Sache damals war besonders niederträchtig von dir, weil er an meinem Stuhlbein angebunden war.» Ziffer hatte offenbar vergessen, dass Churi getobt und versucht hatte mich zu beißen, bis er, Ziffer, selbst die Geduld verloren und ihm eine verpasst hatte. Churi war dermaßen verletzt durch diese Ohrfeige, dass er sich auf einen Schlag auf den Boden warf und sich weigerte, das Mittagessen anzurühren. Ziffer hätte natürlich die ganze Sache mit einem Streicheln aus der Welt schaffen können, war aber stattdessen hart geblieben und hatte Churi abends die Portion vom Mittag erneut vorgesetzt, doch Churi, der auch kein kleiner Dickkopf war, ließ sich noch immer nicht bewegen, das Essen anzurühren. Und jetzt schiebt er mir die Schuld zu! Aber ich war nicht blöd und hatte nicht vor, mich mit ihm auf eine Diskussion einzulassen, denn genau das war es, was er wollte, also sagte ich ihm, er beschäftige sich nur mit längst vergossener

Milch, weil er nichts anderes zu tun habe. Denn womit sonst sollte er sich beschäftigen? Zwar liefen sie die ganze Zeit hinter ihm her mit Angeboten, im Radio zu sprechen, im Fernsehen aufzutreten, was weiß ich, aber er lehne ja alles ab. Sie verstünden nicht genug von Kultur, sagt er! Unsinn! Ich weiß schließlich, dass er nur bockt, weil man ihm als Schriftsteller nicht genug Wertschätzung entgegenbringt. Ein einziges Mal nur war er richtig großzügig und sagte dem Menschen vom Radio, er fühle sich nicht gut, aber ich könnte an seiner Stelle bei der Sendung mitmachen. Das Konzept der Sendung war, dass der Interviewte mit dem Aufnahmeteam durch die Straßen von Berlin läuft und an alle möglichen Sachen erinnert wird, die mit seinem Leben zusammenhängen. Ich muss nicht ganz schlecht gewesen sein, denn Tatsache ist, dass sie es ausgestrahlt haben. Unter anderem hab ich sie mit in ein Arbeiterlokal in Kreuzberg geschleppt, das die ganze Nacht geöffnet hat und wo es sämige Kartoffelsuppe mit Würstchen zu essen gibt. Wenn man rechtzeitig kommt, also so um drei, halb vier Uhr morgens, ist die Schlange noch nicht so lang. Danach, so gegen vier, drängen sich dort bereits sämtliche Obdachlosen Berlins, türkische Arbeiter, die von der Arbeit kommen oder zur Arbeit gehen, und ein paar Betrunkene, die zufällig reingestolpert sind, und man findet schon keinen Platz zum Sitzen mehr. Auf jeden Fall ist das heute *der* Laden schlechthin in Berlin. Die Betreiberin, die auch die Suppe ausgibt, heißt Susi. Sie ist dick und mächtig, steht hinter einem riesigen Aluminiumkessel und holt mit einer Schöpfkelle jeweils zwei Würstchen und reichlich zementfarbene Suppe heraus, die sie in Blechschüsseln schüttet, die die Leute in der

Hand halten wie im Lager. Das Ganze kostet eine Mark. Susi nimmt von Zeit zu Zeit einen Schluck aus der Bierflasche, die neben ihr steht, rülpst, kratzt sich und widmet sich wieder der Suppe. Der Schankraum ist nicht groß und wird durch einen alten Kachelofen beheizt. An den Wänden hängen Tausende von Zettelchen von Leuten, die Arbeit suchen, Wohnungen zur Miete oder Sachen zum Tauschen anbieten. Das Besondere an diesem Ort ist die schreckliche Stille, die dort herrscht: Man hört nur Susis Stimme, wenn sie die in der Schlange Stehenden anherrscht, sie sollen aufrecht gehen, «denn man muss dem lieben Gott danken, dass wir heute Morgen aufgewacht sind».

Ich hab die, die vom Radio, auch zu der Bronzeplatte geführt, die an der Wand am U-Bahnhof Nollendorfplatz hängt. Das ist eine kleine Gedenkplatte in Form eines rosa Winkels für die Homosexuellen, die die Nazis in die Lager gesteckt haben. Ich hab ihnen erzählt, dort habe einmal ein Mann vor mir gestanden und höflich gefragt, ob ich Kleingeld für ihn hätte. Ich dachte, er wollte, dass ich ihm Geld wechsle, und hab wie ein Idiot gefragt: Wie viel? Und er darauf: So viel Sie möchten. Erst da hab ich kapiert, dass er eigentlich ein Bettler war. Und warum erzähle ich das? Weil er mir am Ende einen langen Vortrag darüber gehalten hat, dass auch die Bettler und Obdachlosen im Holocaust ermordet worden sind, aber niemand über sie redet und niemand auf die Idee käme, ihnen Denkmäler zu setzen, weshalb ich die Gelegenheit genutzt hab, im Radio zu sagen, dass es endlich mal an der Zeit wäre, auch für sie etwas zu tun.

Außerdem hab ich die Gelegenheit beim Schopf gepackt, an Magnus Hirschfeld zu erinnern. Hab gesagt, sein Nachlass müsse endlich veröffentlicht werden. Komisch war, dass der Moderator der Sendung überhaupt nicht wusste, wer Magnus Hirschfeld ist! Er hat mich gefragt, ob ich den nicht einfach frei erfunden hätte! Andererseits war das auch gut, denn so konnte ich ausführlich über ihn reden, und dann sind wir auch noch zu zwei Schauplätzen gegangen, die mit ihm in Verbindung stehen: der eine am Tiergarten, wo sein Institut war, das von den Nazis in Brand gesteckt wurde, und wo sich heute die Kunstakademie befindet, und der zweite an der säulenförmigen Gedenkstele, die man vor seinem Haus in Charlottenburg aufgestellt hat, nachdem die Eigentümer des Hauses nicht wollten, dass neben der Tür eine Gedenktafel für einen Homo angebracht wird.

Ziffers Vater hat mir gegenüber seinerzeit angedeutet, Hirschfeld habe einen chinesischen Freund namens Li gehabt. Ich habe sogar schon mal daran gedacht, Ziffer vorzuschlagen, er solle doch über das Leben Hirschfelds aus der Perspektive des Chinesen schreiben. Aber ich bin schnell davon abgekommen, denn was weiß er schon über die Mentalität der Chinesen – ich hab gehört, bei denen gestaltet sich die ganze Geschichte mit der Homosexualität ohnehin anders und dass sie das gar nicht als etwas Ungewöhnliches auffassen. Vielleicht werd ich die Geschichte ja selbst irgendwann mal schreiben.

*

An diesem Scheideweg frage ich mich allen Ernstes – wer ist der größere Schriftsteller, Goethe oder ich.

Nein, mal ehrlich, lasst uns ein für alle Mal diesem *Hype* auf den Grund gehen, der um Goethe gemacht wird.

Gut, lassen wir Goethe. Nehmen wir Stendhal.

Man könnte meinen, sein «Rot und Schwarz» sei zusammen mit den Zehn Geboten vom Himmel niedergegangen. Eine Liebesgeschichte, ein paar Beschreibungen, Dialoge, Monologe. Und was hat man nicht alles daraus gemacht. Er hat ein Buch geschrieben, ich hab ein Buch geschrieben, na und? Papier, Tinte, Wörter, Sätze, Papier Tinte Wörter Sätze. Stendhals einziger Vorteil ist, dass er sich nicht mit der Frage abgeben musste, ob ich größer bin als er. Wie viele Romane hatten sie denn vor ihm schon geschrieben? Er konnte doch schreiben, wie es ihm gefiel. Jeder Weg, den er wählte, war so etwas wie eine Innovation. Ich dagegen muss mich auf Schritt und Tritt fragen, ob ich nicht dem ausgetretenen Weg von jemand anderem folge.

Überhaupt, dieser Stendhal, was hatte er zu tun, außer zu schreiben? Gab es Fernsehen? Gab es Filme? Ein paar Aristokraten und Aristokratinnen gab es, die lustwandelten, mit Weidenkörben um die Hüften und Watte auf dem Kopf. Aber da es kein Fernsehen gab, machte man keine große Geschichte um jeden, der an Hunger starb, und jeder Despot, der beschloss, ein paar Leute aufzuspießen, konnte das ungestört tun. Die armen Tröpfe schrien – und schrien, bis sie irgendwann aufhörten.

Ich bin mir dessen, was um mich herum geschieht, viel bewusster als er, denn ich habe gar keine andere Wahl. Ich muss zeigen, dass mich die Welt etwas angeht, die Kinder in Afrika mit ihren weit aufgerissenen Augen, die Steine werfenden Jungen in Gaza, Aids und einfach alles.

Aber darüber lassen sich heute keine guten Bücher mehr schreiben, im Zeitalter des Fernsehens, da alle alles auf der Mattscheibe zu sehen bekommen, live – das Leben selbst!

Manche Leute fragen mich, worum es eigentlich in dem Buch geht, das ich schreibe, und ich gerate ins Stottern. Meiner Meinung nach dürfte man einen Schriftsteller nicht fragen, über was er schreibt. Stellt euch Stendhal vor, wie er in den Salon von Madame de Soundso kommt und man ihn fragt: Vielleicht könnten Sie uns einmal behilflich sein, Monsieur, gerade haben wir versucht zu erraten, wovon Euer nächster Roman handeln könnte. Er wird rot, kann schließlich nicht zugeben, dass die Heldin des Romans die Gastgeberin selbst ist, mit der er im vergangenen Monat eine kleine Liaison hatte, als ihr Gatte fort war, um den familiären Besitzungen in der Dordogne einen Besuch abzustatten. Aber andererseits ruft uns dies in Erinnerung, dass das Schreiben einst deckungsgleich mit dem Leben sein konnte, nicht wie heutzutage, da diese Rolle das Fernsehen und die Zeitungen übernommen haben, während von der Literatur erwartet wird, «tiefschürfender» als das Leben zu sein.

Und ich will erfolgreich sein. Die ganze Zeit höre ich von Büchern, die herauskommen und Erfolg haben, und platze vor Neid, bete, eine Atombombe möge auf sie alle fallen, und nur ich bliebe zwischen den Trümmern übrig. Ich und mein Buch. Wobei, genau genommen kümmert es mich nicht, ob ich übrig bleibe. Hauptsache, das Buch.

Diesen Satz will ich endlich einmal zu hören bekommen: «Wow, Sie sind der Ziffer von ‹Verbotene Lieben›? Ich hab das Buch unheimlich gern gelesen.»

Einmal in Paris, im Haus von Balzac, hab ich das Tintenfässchen von Balzac gesehen, den Stuhl von Balzac, seine Spazierstöcke und seine Pfeifen.

Doch zurück zu mir.

Ich stehe nachts auf und schreibe. Ich sitze am Tag und schreibe. Ein Anruf: Die Lehrerin einer Schulklasse aus Potsdam möchte, dass ich komme und vor der Klasse über meine Arbeit als Schriftsteller referiere. Ich frage mehrfach, ob sie sich nicht verwählt hat und ob sie nicht eigentlich vorhatte, Stendhal oder Goethe einzuladen. Sie grinst. Gut, sage ich. Donnerstag um zwölf.

Ich begann meinen Vortrag mit einer Geschichte über den Holocaust und den Rosa Winkel. Die Gesichter der Kinder wurden auf einen Schlag ernst. Danach guckte ich mir einen Jungen aus und fragte ihn, was er getan hätte, wenn er in Nazideutschland gelebt und erfahren hätte, sein Vater sei homosexuell. Dann ging ich noch einen Schritt weiter und fragte sie, was sie heute tun würden, wenn sie erführen, dass einer von ihren Eltern schwul sei. Oder andersherum, was würden sie erwarten, das ihre Eltern zu ihnen sagen würden, wenn sie, sprich die Kinder, ankämen und ihnen geständen, dass sie schwul sind. Nach und nach hörten sie auf zu kichern, wenn das Wort «schwul» fiel. Das ist ein erster Schritt.

Nach diesem Vortrag war ich sicher, nie wieder eingeladen zu werden, um vor Schülern zu referieren. Aber am Abend klingelte das Telefon. Es war der Schulleiter.

«Herr Ziffer, als Allererstes möchte ich Ihnen Dank sagen», sagte er.

Und dann fuhr er mit hoher, klarer Stimme fort: «Vor

sechzig Jahren, im Dritten Reich, wurde mein Vater gezwungen, seine Stelle im Schuldienst aufzugeben, weil er in seiner Klasse Magnus Hirschfelds Buch ‹Das dritte Geschlecht› durchgenommen hatte. Haben Sie schon einmal von Magnus Hirschfeld gehört?»

«Gewiss habe ich von ihm gehört. Ich bin sogar durch indirekte familiäre Bande mit ihm verbunden.»

Der Mann senkte seine Stimme und flüsterte beinahe in den Hörer: «Auch mein Vater war mit ihm verbunden, wenn Sie verstehen, was ich meine. Die Polizei hat ihn erwischt, aber sie ließen ihn laufen, nachdem er erklärt hatte, er bereue seine Taten, sich eine Frau nahm - meine Mutter - und einen Sohn zeugte - mich. Aber zu unterrichten blieb ihm untersagt und er hat nie wieder als Lehrer an einer Schule gearbeitet.»

Am nächsten Tag traf ich mich mit dem Schulleiter in einem Café. Er hatte ein Foto von seinem Vater mitgebracht - grimmig dreinschauend, mit Kneifer und kunstvoll gezwirbeltem Schnurrbart. Dieser Mann war der Freund von Magnus Hirschfeld gewesen. Weshalb er aber nicht weniger pedantisch gewesen zu sein schien, im Gegenteil, sein ganzes Leben hatte er den Behörden, die ihn suspendiert hatten, aber auch dem neuen Regime beweisen wollen, welch vorbildlicher Pädagoge er war. «Zu meinem Leidwesen habe ich von ihm den Schulmeistervirus geerbt», gestand der Sohn, «doch ich nehme auf meine Weise Rache für meinen Vater. Ich habe aus meinen Ersparnissen eine kleine Stiftung gegründet, die Preise für die besten Schüleraufsätze vergibt, die Themenbereichen gewidmet sind, mit denen seinerzeit auch Hirschfeld sich beschäftigt hat. In diesem Jahr hat eine wirklich außergewöhnliche Geschichte den Preis erhalten. Sie sollten sie einmal lesen.»

Unser Gespräch wurde durch den Auftritt einer bezaubernden Frau unterbrochen, groß und schlank und in einen riesigen Pullover gehüllt, die an unseren Tisch trat. Sie richtete ihren herausfordernden Blick auf meinen Gesprächspartner und fragte: «Sind Sie es wirklich?»

«Und wer bitte, meine Dame?», fragte er seinerseits und erhob sich.

«Ich war begeistert von Ihrem Auftritt im Schulfernsehen, in der Sendung über Therapie durch Literatur.»

«Tatsächlich.»

«Nur die Stelle, in der Sie das Buch mit dem Feuerzeug anzünden, habe ich nicht verstanden.»

«Ich wollte veranschaulichen, was den Büchern von Magnus Hirschfeld widerfahren ist, die 1933 verbrannt wurden.»

Plötzlich prustete die Frau los. Ich folgte ihrem Blick und sah, dass mein Gesprächspartner mit offenem Reißverschluss vor ihr stand. Das Lachen der Frau wurde immer ausgelassener und klang bald wie das Brüllen eines Esels, der sich von seinem Karren losgerissen hat und wie von Sinnen durch die Gassen des Marktes stürmt, Stände umwirft und die Marktbesucher Reißaus nehmen lässt. Dann brach sie mit einem Mal ab, stand wie fassungslos da über sich selbst und über den Dämon, der in sie gefahren war, und entschuldigte sich, die konservative Erziehung, die sie genossen habe, lasse sie gegen ihren Willen zuweilen ausfallend werden.

*

Ziffers Mutter stand auf der Schwelle und warf mir einen wütenden Blick zu, weil ich ihr nicht schneller aufgemacht hatte. Ich entschuldigte mich, ich sei in der Küche beschäftigt gewesen und Ziffer noch unter der Dusche. Die Wahrheit ist, dass ich einige Zeit brauchte, sie in ihrem neuen Outfit zu erkennen: Sie trug einen Kunstlederrock, Stiefel und einen Hut mit Feder, als sei sie eine Herzogin, die mit dem Kaiser auf Hasenjagd geht. Ich fragte sie, was das solle, und sie erklärte mir allen Ernstes, Ziffers Vater sei der Meinung, so werde man ihnen schneller die deutsche Staatsangehörigkeit geben! Ich bat sie ins Wohnzimmer und eilte selbst schnell ins Bad, um Ziffer vorzuwarnen, damit er nicht lachte, wenn er seine Mutter in dieser Verkleidung sähe. Bei der Gelegenheit gab ich ihm gleich noch einen heißen und süßen Kuss auf jede Brustwarze und er biss mich ins Ohr, ein sicheres Zeichen, dass mit uns allmählich alles wieder in Ordnung kam. Als ich ins Wohnzimmer zurückkam, sah ich, dass Ziffers Mutter einen echten Persönlichkeitswandel durchgemacht hatte – sie kontrollierte nicht mehr den Staub und hob keine Sachen vom Fußboden auf, sondern saß wie eine echte Dame auf der Sofakante und fragte, ob der Stuhl in der Ecke Biedermeier oder *Regency* sei. Ich verkniff mir, ihr zu antworten, um sie nicht zu beleidigen, und fragte, wie es Ziffers Vater gehe. Sie meinte, sie könne nicht ertragen, wie er sich unter die Deutschen mische und mit jedem rede, als sei er einer von ihnen. Es stimme ja, dass die deutsche Kultur wunderbar sei, aber es sei geschmacklos, etwas vorzuspielen, was man nicht sei, sagte sie und wiegte ihren Kopf mit dem Hut und der Feder.

In der Zwischenzeit war Ziffer nach Aftershave duftend aus dem Bad gekommen, ging mit größter Selbstverständlichkeit auf seine Mutter zu, küsste ihr die Hand und fragte sie auf Französisch nach ihrem Wohlergehen. Ich dachte, ich sterbe! Sagte ihnen, sie sollten aufhören, das Herzogspaar zu spielen, und sich erinnern, woher sie kämen, mit Ach und Krach aus Tel Aviv nämlich, und das auch nur im günstigsten Fall. Aber sie taten so, als verstünden sie diese barbarische Sprache nicht, und parlierten weiter auf Französisch. Da beschloss ich einfach, dass ich mit diesem Spiel nichts zu tun hatte, legte die Schürze ab und verließ die Wohnung.

Anfangs wollte ich schreien, lachen, ich weiß nicht, was. Aber ich sagte mir: Jo, beherrsch dich, andernfalls läufst du auch noch aus der Spur! Ich wollte etwas tun, als Protest. Aber in dem Augenblick, ich stand schon vor dem Haus, war all das wie weggeblasen, als ich den blauen Himmel sah und die entspannten Menschen, die ordentlich auf dem Bürgersteig gingen und nicht auf die Radwege traten. In Israel wären die Leute gerade auf den Radwegen gegangen, während die Radfahrer ihrerseits nur auf dem Teil für die Fußgänger fahren würden. Kurzum, ich beschloss, ins KaDeWe zu gehen und mir in diesem Nobelkaufhaus eine Pelzjacke zu kaufen, und zwar eine echte und keine synthetische, weil ich synthetische Sachen hasse. Als ich die Damenabteilung gefunden hatte und zwischen den Reihen von Pelzjacken umherwanderte, strich ich mit der Hand darüber und überlegte, was Ziffer wohl für ein Gesicht machen würde, wenn er mir die Tür öffnete und mich in einem Rot- oder Silberfuchs sähe. Eine Verkäuferin kam zu mir und fragte, ob ich Hilfe benötige, und an der Art, wie sie das fragte, verstand ich, dass sie mich gepeilt hatte und ich ihr nicht irgendwas vorlügen musste, die Jacke sei für meine Frau oder meine Mutter, was auch zu den guten Dingen gehört, die es in Berlin so gibt. Ich nahm zwei Jacken, die mir gefielen, mit zur Anprobe, aber auf dem Weg in die Umkleidekabine fiel mir plötzlich Churi ein, und sein Fell, und mir wurde speiübel bei dem Gedanken, dieser Pelz hier sei vielleicht aus ihm gemacht. Ich ließ die Jacken in der Umkleidekabine und suchte das Weite.

Als ich mit leeren Händen nach Hause zurückkam und schellte, öffnete mir niemand. Ich schloss mit meinem Schlüssel auf und betrat eine leere Wohnung. In der Küche, auf dem Tisch, fand ich einen Zettel: «Wir sind in der ‹Paris Bar›, du kannst dazustoßen.» Das fehlte mir gerade noch. Ich guckte ein bisschen Fernsehen und ging schlafen.

Mitten in der Nacht spüre ich, dass man mich schubst und knufft. Ich öffne die Augen und sehe Ziffer und seine Mutter betrunken wie nur was, die versuchen sich Platz zu schaffen, um ins Bett zu kommen. Ziffers Mutter wälzte sich über mich und meinte, sie sei fix und foxi. Ziffer legte, der halbe Körper noch auf dem Fußboden, den Kopf auf mein Kissen, rülpste und schlief ein. Ich war inzwischen vollkommen wach und konnte unmöglich wieder einschlafen, da Ziffers Mutter mir die Eier abquetschte, also kämpfte ich mich unter ihren Leichen hervor und suchte mir einen anderen Platz zum Schlafen. Aber an Schlaf war schon nicht mehr zu denken und außerdem war es bereits fünf Uhr morgens, also sagte ich mir, das sei ein guter Zeitpunkt, über die Zukunft nachzudenken, und so, wie ich über die Zukunft nachdachte, nickte ich im Sitzen mit dem Kopf auf dem Küchentisch ein und wachte abermals panisch beim Klingeln des Telefons auf. Es war Ziffers Vater. Ich sagte ihm, alle schliefen noch. Er fragte, wann wir uns denn träfen. Ich sagte, vorher müsse einigen Leuten hier der Kopf zurechtgerückt werden, danach könnten wir uns etwas überlegen. Ziffers Vater lachte, dachte, das sei ein Witz.

Ich räumte die Wohnung ein bisschen auf, sortierte den Müll: Altpapier, Glas, Plastikmüll und Verpackungen jeweils getrennt, wobei ich das Glas auch noch nach Farben sortierte. Das Klo befreite ich von dem entsetzlichen Geruch, den Ziffers Mutter untenherum hat und der zusammen mit dem Odeur dieses Kunstleders wirklich einen ganz besonderen Duftcocktail ergab. Danach ging ich ins Schlafzimmer und riss das Fenster weit auf, um den Mief aus Rülpsern und Alkoholschwaden zu lüften. Ziffer lag mit offener Hose da und seine Mutter war bloß ein hässlicher, röchelnder Klumpen Etwas. Als ich sah, dass das grelle Licht, das ihnen direkt in die Augen fiel, sie nicht aufweckte, sagte ich mir, ich vergeude doch nicht meinen Tag mit ihnen, und verabschiedete mich abermals nach draußen.

*

Als ich noch jung war und das Blut in meinen Adern brodelte und ich Originalität um jeden Preis suchte, wollte ich auf der großen Karte von Tel Aviv Orte markieren, die zu Landmarken meiner sexuellen Initiation wurden, und, mit professioneller Nüchternheit, die Intensität und Häufigkeit des Sexes vermerken, der an jedem einzelnen von ihnen stattgefunden hatte. Wie stadtbekannte Weiberhelden, die sich an ihrem dicken Adressbuch aufrichten, gefüllt mit den Telefonnummern ihrer Eroberungen, wollte auch ich einen Gedenkstein errichten für die Jahre, die unwiederbringlich dahingehen würden. Heute bedauere ich, diese Idee damals nicht verwirklicht zu haben, könnte ich doch diesen Stadtplan jetzt verwenden, um ein ganzes Buch zu schreiben, einen richtigen Wälzer, eine Art privates Lexikon zu «Mein Leben und meine Liebschaften». Die nachfolgenden Fragmente sind bestimmt, zumindest das wenige zu bewahren und zu retten, das sich meiner Erinnerung eingeprägt hat.

In der *Rachel-Straße* war ich einige Zeit in einen wunderschönen Knaben verliebt (natürlich verblasst der Eindruck mit den Jahren und heute weiß ich nicht mehr genau, was ich damals an ihm fand), von dem ich irrtümlicherweise annahm, er sei homosexuell, weil er ständig von homosexuellen Freunden umgeben war. Ich schrieb ihm einen Brief und ging im Regen hin, meine Liebesbeichte in seinen Briefkasten zu stecken, wartete noch einige Zeit unter den Bäumen des kleinen Parks dort in der Straße und erhielt am nächsten Tag eine knappe Antwort von ihm, mein Brief habe ihm geschmeichelt, aber er sei nicht schwul und hoffe, wir würden weiter Freunde bleiben. Bis heute bin ich nicht sicher, ob er damals die Wahrheit gesagt hat oder mich einfach nur loswerden wollte. Zu jenem Zeitpunkt hatte ich auch einen festen Freund und erzählte ihm von meiner Liebe zu dem Jungen aus der

Rachel-Straße. Mein Freund bat mich, ihn zu beschreiben, und so malten wir uns aus, wir seien zu dritt im Bett.

In der *Melchett-Straße* war ich an einem Freitagabend mit einem Mann im Bett, den ich im Unabhängigkeitspark getroffen hatte. Wir fuhren in seinem grauen Wagen zu ihm. Die Wohnung war penibel sauber und kalt. Er zeigte mir eine Sammlung von Damenstöckelschuhen, die auf dem Klavier und dem Fußboden standen, entlang der Wände. Der Albtraum begann in dem Moment, da wir ins Bett gingen. Er teilte mir mit, ich dürfe ihn weder mit Spucke noch mit irgendeiner anderen Körperflüssigkeit benässen. Ich lag auf dem Bauch und wartete, dass er fertig würde. Hatte das Gefühl, sein Körper, der auf mir lag und sich auf und ab bewegte, sei aus Plastik gemacht. Im zweiten Teil des Aktes wurde ich gebeten, ihm eine große Gurke, die rechtzeitig aus dem Kühlschrank geholt worden war, in den Anus zu schieben. Die Gurke ging bis zum Ende rein und wäre beinahe in ihm verschwunden. Auf der Arbeitsplatte in der Küche lagen auch noch eine abgewaschene Tomate und eine Paprika für den Frühstückssalat bereit. Ich fragte ihn, ob er etwa die Absicht habe, die Gurke zu essen, nachdem sie in seinem Allerwertesten gesteckt hatte. Er erwiderte, das Verspeisen einer solchen Gurke im Salat bereite ihm doppelten Genuss. Später habe ich einmal einen Psychologen nach der Verbindung zwischen dem Sammeln von hochhackigen Damenschuhen und der Penetration des Anus mit Gemüsegurken befragt. «Warum sollte da eine Verbindung bestehen?», wunderte er sich.

In dem kleinen Park in der *Sheinkin-Straße* traf ich einmal einen Soldaten. Es war noch am Morgen, an einem Frühlingstag. Er machte mir ein Zeichen, ich solle ihm folgen. Wir gingen zu einem Haus in der *Merkas-Ba'ale-Melacha-Straße.* Er hatte die Begeisterung eines Jungen, der versucht Liebe zu machen, wie er es in Filmen gesehen hat. Bei seinen unbeholfenen Versuchen, mich auf die Lippen zu küssen und gleichzeitig mir von hinten ein wirklich beachtliches Gerät einzuführen, brach das Bett unter uns zusammen. Er geriet in Panik, weil die Wohnung seiner Tante gehörte und ihm strikt untersagt war, ihr Bett in ihrer Abwesenheit zu benutzen. Ich half ihm, irgendwie die Bruchstelle zu verdecken, wobei er mir erzählte, dass er mit seiner Tante ins Bett gehe, seit er siebzehn sei, und sie ihm «alle möglichen Tricks» beibringe. Er lebte in ständiger Angst, mit seiner Tante erwischt zu werden, unter anderem, weil auch sein Vater etwas mit ihr hatte.

In der *Ben-Zion-Allee,* nach einem Konzert des Philharmonieorchesters im Mann-Auditorium, begab ich mich einmal in die Wohnung von M., der sich später einen Namen als Lyriker machen sollte. Wir unterhielten uns über das Konzert, er reichte mir einen Drink und ging ins Schlafzimmer, um das Bett zu beziehen. Doch der Schnürsenkel meines rechten Schuhs weigerte sich aufzugehen. Er war mir zu Hause schon gerissen und ich hatte ihn mehr schlecht als recht verknotet, und jetzt verhedderte sich der Knoten und wurde zu einem riesigen Knäuel. Ich bat M., mir eine Schere zu bringen, um den Schnürsenkel aufzuschneiden. Als wir endlich zur Sache kamen, war M. so erregt, dass er sich sofort ergoss, mich mit Sperma überflutete und sich sogleich dafür entschuldigte. Nachdem wir geduscht und Kaffee getrunken hatten, stellte sich heraus, dass wir gemeinsame Bekannte in der Stadt hatten und es daher besser war, wenn wir uns nicht wiedersähen. Schade, man trifft so selten auf einen Schwulen, der echtes Interesse an Kultur hat.

Ist es mithin möglich, anhand der vier soeben dargestellten Fälle ein bestimmtes, zentrales Charakteristikum zu definieren für die Art und Weise, in der man in diesem Gebiet, nennen wir es das Zentrum von Tel Aviv, Sex hat? In meinem Erfahrungsschatz finden sich noch einige Dutzend ähnlicher Begebenheiten, auf die ich mich in meiner Schlussfolgerung ebenfalls stütze. Allgemein gesprochen lässt sich sagen, dass die Häuser in diesem Teil der Stadt zumeist in engen Straßen und bedrohlich nah zueinanderstehen. Die Wohnungen sind gegenseitig einsehbar und lassen kein Gefühl von Privatsphäre zu. Kein Mensch kann dort einen Gast mit in seine Wohnung bringen, ohne dass irgendein neugieriger Nachbar es aus einer der Fenster- oder Türöffnungen sähe. Daher ist der Geschlechtsakt hier von einem Gefühl der Gehetztheit begleitet, besteht die Notwendigkeit, so schnell als möglich fertig zu werden und den Partner vor die Tür zu setzen. Im alten Zentrum von Tel Aviv ist somit unverkennbar, wie sehr diese Stadt doch recht eigentlich ein osteuropäisches jüdisches Stetl geblieben ist, in der Verkleidung einer Metropole. Zwei Menschen, die es nach Sex verlangt, können diesem dort nicht in aller Freizügigkeit in ihren eigenen vier Wänden frönen. Von daher auch der Exodus der Homosexuellen zu Plätzen unter freiem Himmel, wo sie, paradoxerweise, weniger exponiert sind.

Je mehr man sich jedoch vom historischen Zentrum Tel Avivs entfernt, desto sinnlicher wird die Stadt. Im Westen, entlang der gesamten Küstenlinie, atmet die Luft Laszivität von Jaffa im Süden bis zum Strand von Tel Baruch im Norden. Außer dem berühmten Unabhängigkeitspark ist auch eine kleinere Grünanlage erwähnenswert, der sogenannte London-Park an der nördlichen Spitze des Herbert-Samuel-Kais. Der London-Park war allem Anschein nach bereits in den fünfziger Jahren und vielleicht sogar noch davor ein Treffpunkt der Homosexuellen. Während sich auf dem Meer die großen Dramen um die Schiffe mit den illegalen Einwanderern abspielten, die ihr Leben aufs Spiel setzen, um den Strand zu erreichen, harrte im London-Park eine kleine Schar von Schwestern ihres ganz persönlichen Abenteuers.

Im *London-Park* traf ich einmal einen Burschen aus England, der mich mit in seine Wohnung in der Bograshov-Straße nahm, auf dem Dach, eine windige Bleibe. Er war ein begeisterter Fellator, doch ich war damals noch zu jung, um das wirklich zu schätzen, und geriet in Verlegenheit. Jahre später traf ich im London-Park einen Angestellten der amerikanischen Botschaft, der mich mit in ein Hotel an der Strandpromenade nahm. Die Bezahlung galt für eine Stunde und man musste seinen Ausweis an der Rezeption abgeben. Er hatte das größte Gerät, das ich jemals gesehen habe, aber er selbst war sehr behutsam und freundlich und fragte ununterbrochen, ob er mir wehtue.

Im Norden beginnt Tel Aviv ab dem *Platz der Könige Israels* sexuell interessant zu werden. Westlich des Platzes, an der Ecke *König-Salomon-Straße* und *Ben-Gurion-Allee*, war in einer kleinen Erdgeschosswohnung eine Männersauna zu finden, deren Düsternis den Besuchern den Mut verlieh, ihr Ornat abzulegen und «sie selbst» zu sein, ein an sich schon abscheulicher Ausdruck. Dort sah ich den israelischen Homo in ganzer Nacktheit. Rein äußerlich unterscheidet er sich in nichts von seinem heterosexuellen Kollegen: Er ist behaart, zu Bauchansatz und Glatze neigend wie dieser und hat nichts an sich, was der Bezeichnung «Gay» würdig wäre. Dennoch war es möglich, dort ein reiches Spektrum von Perversitäten zu finden, in einer Atmosphäre fieberhafter und effizienter Geschäftigkeit, da es die Mehrzahl der Besucher eilig hatte, nach Hause zu ihren Familien zu kommen, sich aber nicht aus dem Staub machen wollte, ehe man nicht auf seine Kosten gekommen war. Hin und wieder blieb der Sexpartner trotz allem noch ein Weilchen sitzen, um eine Kurzfassung seiner Lebensgeschichte zu erzählen, sich eine Zigarette anzustecken und mit einem Seufzer zu sagen: «Wir haben uns nicht ausgesucht zu sein, was wir sind.»

Der Norden von Tel Aviv hingegen steht in dem Ruf, eine Hochburg der «Linken» zu sein, die sich in der plebejischen Fantasie auch als «Homos» darstellen. Zwar ist das Straßengeviert im Bereich der *Basel-Straße* vielleicht tatsächlich «voller Homos», aber wenn du sie dort suchst, kannst du fast sicher sein, nur Cafés zu finden, die voll von ehemaligen Polinnen sind oder Lehrerinnen oder Schalterbeamtinnen, die in Scharen kommen, um den Geburtstag einer Kollegin zu feiern.

*

Mama, Mama, hör mir nur einen Augenblick zu, ich sage dir doch – Jo hat mir ein komplettes Kapitel aus dem Rechner geklaut. Ja, er hat mir ein Kapitel geklaut und es an eine Zeitung in Israel geschickt. Was? Woher soll ich wissen, wann? Wo ist das Problem, an den Rechner zu gehen, ein Kapitel, das noch nicht mal fertig war, zu kopieren, es auszudrucken und wegzuschicken. Moment, Moment, was soll das heißen, und wenn schon? Ich hab dafür geackert, hab meine Seele hineingepackt, und er kommt und nimmt es sich, als handelte es sich um herrenloses Gut. Was? Was redest du da? Hinterher geht er noch los und verleumdet mich, ich hätte die Hand gegen ihn erhoben. Auch meine Geduld hat Grenzen. Dieser Mistkerl, der über all die Jahre nichts aus sich gemacht hat, versucht jetzt sich auf meinem Rücken einen Namen zu machen, und besitzt außerdem noch die Frechheit, dir zu sagen, er habe mich zu dem gemacht, was ich bin! Und du glaubst das auch noch! Er hat mich gemacht! Verstehst du: Was war er denn vorher? Eine Nutte, eine männliche Hure, das ist es, was er war, und ich hole ihn aus dem Dreck, nehme ihn mit ins Ausland, doch zum Dank fährt er seine Krallen aus und will jetzt die Geschichte unserer Beziehungen auf eine Weise umschreiben, die ihn in den Mittelpunkt stellt. Mittelpunkt von was? Was? Er sagt, ich hätte auch von ihm geklaut? Oh, oh, oh. Einfach aus Neugier hab ich mal einen Blick in sein Heft geworfen, und jetzt steigert er sich in so eine Theorie rein, ich hätte alles, was ich je geschrieben habe, von ihm geklaut. Er ist verrückt, ich sage dir, er ist total verrückt. Unterbrich mich nicht! Selbst Churi, so einfach gestrickt er auch gewesen sein mag, hat immer gesagt, man müsse ihn einweisen. Allein wie er einmal über ihn hergefallen ist. Warum? Weil ich Churi meine Unterhosen hab waschen lassen. Ich wollte ihn schließlich zu Sauberkeit erziehen. Als Jo die Unterhosen auf der Leine hängen sah und ich zugegeben hab, Churi hätte sie gewaschen, hat er sich ein Messer geschnappt, nein, ich übertreibe nicht, und hat gebrüllt, er würde uns beiden den Schwanz abschneiden. Churi hat angefangen zu bellen und zu jaulen, wollte vor lauter Angst vom Balkon springen, und Jo hat gebrüllt, ich solle ihn unter Kontrolle bringen. Ihn unter Kontrolle bringen! Nur dass der Herr inzwischen uns alle unter Kontrolle gebracht hat, mein Leben, meine Arbeit. Er ist ein Blutegel, Mama, ein Blutegel. Und hör auf, ihn ständig zu verteidigen. Ich kann es nicht ertragen, dass du die ganze Zeit versuchst zu relativieren. Er ist nicht okay, Punkt. Was hat das damit zu tun, dass er schwul ist? Ich bin auch schwul, na und? Was? Er hat Traumata erlitten? Ein Araber hat ihn vergewaltigt! Glaub mir, hätte er sich nicht mit ihnen angelegt, hätten sie ihn nie angerührt. Er hat so ein Talent, sich in Schwierigkeiten zu bringen und hinterher «rettet mich» zu brüllen. Ich kenne ihn, niemand kennt ihn besser als ich, die reinste Hölle, die ich jeden Tag mit ihm durchmache. Du selbst bist doch Zeugin seiner Krisen geworden. Was habe ich nicht für ihn getan, mal ehrlich! Ich hab ihn an meiner Stelle zum Radio gehen lassen, hab ihm angeboten, gemeinsam mit mir ein Buch zu schreiben. Stopp! Fang nicht schon wieder mit diesem Bullshit an von wegen Papa und du. Mann und Frau, das ist etwas vollkommen anderes. Papa hat seine Beschäftigungen und du hast deine, aber du versuchst nicht ständig, in sein Territorium einzudringen. Die Sache mit Jo ist, dass er keine eigenen Beschäftigungen hat, keine eigene Welt, nichts. Er ist ein Parasit, der jemandem das Blut aussaugen muss, um zu leben. Sicher hatten wir auch schöne Tage zusammen in Israel, okay. Aber wie lange soll ich aus dieser Nostalgie leben? Wir haben ein neues Leben in Berlin angefangen, mir geht es gut hier. Komm, ich werd dir sagen, was das Problem ist. In dem Augenblick, aber exakt in dem Augenblick, in dem er sieht, dass es mir gut geht, fängt er an zu schikanieren, kann es nicht ertragen, mich glücklich zu sehen. Und weißt du, was er vor einer Woche zu mir gesagt hat? Er hat zu mir gesagt, er wisse, dass er mir das Leben schwer mache, denn wenn es mir zu gut gehe, würde ich aufhören zu schreiben. Verstehst du, er entscheidet, wann und wie ich schreibe, wann und wie es mir mehr oder weniger gut gehen soll, und wenn er das Gefühl bekommt, es gehe mir zu gut, wird er mir eine verpassen. Mama, wenn du nicht willst, dass ich einfach auflege, hör auf, mir mit dem Holocaust zu kommen. Was hat das damit zu tun? Weil es den Holocaust gegeben hat, darf er mich zu Tode quälen? Ich übertreibe mitnichten. Nein. Nein. Ich übertreibe ganz und gar nicht. Hör zu. Ich hab ein Heft über die SS bei ihm gefunden, wo er mit Textmarker all deren schreckliche Misshandlungsarten angestrichen hat. Woher soll ich wissen, ob das nicht für mich bestimmt ist? Wie kann man mit einem Menschen zusammenleben, dem man nicht vertraut, von dem man nicht weiß, welche Wahnsinnstat er als Nächstes begeht? Und glaub mir, dass du nicht mal die Hälfte seiner Verrücktheiten kennst. Wann hat er dir das erzählt? Das ist lange her, in der Zwischenzeit hat er bereits neue Methoden entwickelt ... ich rate dir, nicht ein Wort von ihm zu glauben. Gut, in Ordnung, Churi. Churi war eine Episode und außerdem war er ein Hund. Ich bin grausam zu ihm gewesen? Das hat er dir gesagt? Alles, was ich wollte, war, diesen Churi zu einem Menschen zu machen, und ich hab ihn wirklich geliebt. Jo ist es, der sich mal Rechenschaft über seine Taten ablegen sollte. Ich will dich ja nicht ermüden mit all den Details von Sachen, die er mit ihm gemacht hat. Von dem türkischen Apotheker hat er dir erzählt? Oh! Siehst du? Was ihm nicht behagt, kehrt er unter den Teppich. Schließlich wären wir beinahe hinter Gittern gelandet wegen seiner Plappersucht. Egal, ich will nicht schon wieder von dieser Geschichte anfangen. Mama, ich denke, du verschwendest einfach deine Energie an diesen Kerl. Komischerweise bin ich nicht sicher, dass er genauso viel Energie opfern würde, um dich zu verteidigen. Ich will darauf jetzt nicht näher eingehen, aber eines Tages werden wir mal in aller Ausführlichkeit darüber reden. Du bist wirklich eine Masochistin. Wen versuchst du denn in Schutz zu nehmen? Dieser Knabe kann jedem gegenüber ausfallend werden, dich mit eingeschlossen. Hast du etwa schon seine Eifersuchtsszenen vergessen, als du mich besuchen gekommen bist, als ich krank war? ... Er liebt mich? Also, wirklich. Komm, ich sag dir mal was, das ist keine Liebe, sondern Machtausübung. Wir haben hier einen deutschen Freund, Konrad. Er ist Psychologe und er sagt, Jo sei ein klassischer Fall von Hysterie. Willst du wissen, wie man das heilt? Nein? Aber eines Tages werde ich keine andere Wahl haben, und glaub mir, wenn Konrad ihn in die Hände bekommt, wird er gesund und still wie ein Fisch zurückkommen. Gut, komm, lass uns aufhören mit diesem Nonsens, erzähl mir lieber, wie es Papa geht ... Ja ... Ja ... Apropos, stimmt es, dass er sich einen Bart hat wachsen lassen? Jo hat mir gesagt, du hättest ihm so was erzählt. Sicher sieht er jetzt aus wie der Professor aus «Die acht Spürnasen» ... Ach ja, wo wir gerade so reden, ich wollte dir nur sagen, nach dieser ganzen Geschichte, als ich rausgefunden hab, dass er mir das Kapitel geklaut hat, hat Jo zu mir gesagt, von jetzt ab möchte er, dass ich ihn als Frau anrede, damit es nicht mehr zu Missverständnissen zwischen uns kommt. Und das soll derselbe Kerl sein, der bereits so und so viele Jahre in einem Bett mit mir schläft. Nein, er ist gerade nicht da. Was weiß ich, er geht spazieren ... Sicher mache ich mir Sorgen. Soll ich dir die Wahrheit sagen, bei jedem Anruf springe ich auf und sage mir: Das war's. Manchmal ist er es. Ruft mich plötzlich von irgendwoher an, und wenn ich drangehe, antwortet er nicht und legt auf. Ich weiß, dass er es ist, er will einfach sicher sein, dass ich hier bin. Hat nicht den Mumm, mir mitzuteilen, dass er es ist. Denkt er, ich bin ein Idiot? Na bitte, wie spät haben wir es jetzt? Bereits acht und er ist noch nicht zurück. Und dann kommt er plötzlich reingeschneit, sagt nicht mal Hallo und verschanzt sich auf dem Klo. Vor zwei Tagen hab ich ihn gepackt und durchgeschüttelt und ihm gesagt: «Rede!» Er hat bloß erwidert: «Worüber?» Und mit den Schultern gezuckt. «Rede», hab ich zu ihm gesagt. Doch er hat gebockt: «Ich hab dir nichts zu sagen.» – «Du hast mir überhaupt nichts zu sagen?», hab ich ihn gefragt. «Bist du da sicher?» Von der Art sind so unsere Gespräche in letzter Zeit – langes Schweigen, Launen. Und dann explodiert er plötzlich: «Stimmt, ich bin minderbemittelt, dann bin ich eben so. Und wer ist schuld? Du, der Erfolgreiche, du, das Genie», und noch mehr Unfug von der Art. Doch in meiner Einfalt lass ich mich auch noch auf Diskussionen mit ihm ein. «Halt den Mund», sage ich zu ihm, «gib mir nicht die Schuld an deinem Frust», worauf er rausstürmt und die Tür hinter sich zuknallt, und ich dasitze, mir ausmale, dass er sich von irgendeiner Brücke stürzt, und die ganze Nacht nicht schlafen kann, mich nicht konzentrieren kann, bis er um fünf Uhr morgens wieder auftaucht. Hinterher stellt sich heraus, dass er sich in irgendeinem Puff besoffen hat. Kriege ich alles von dem Rumänen zu hören, der bei uns arbeitet. Was? Bist du verrückt geworden? Falsch geraten. Er geht zu männlichen Huren, nicht zu Frauen! Mama, hör auf, was soll ich denn tun? Ich hab ja versucht ihm einen Job bei der Botschaft zu besorgen, damit er dort Hebräisch unterrichtet, und er hat nur die Nase gerümpft. Wenn er arbeiten wollte, hätte er schon längst was gefunden. Es gibt hier eine jüdische Buchhandlung – er hätte dort als Verkäufer arbeiten können. Ich sage dir doch, er ist nicht normal. Was hat er mir vor ein paar Tagen gesagt? Dass er nicht bereit ist, für das Bestattungsunternehmen der jüdischen Gemeinde hier zu arbeiten und Leichen zu waschen. Siehst du? Du selbst sagst, oh weh, was soll ich da sagen, wenn ich diesen Terror jeden Tag habe? ... Warum fragst du? Du machst mir Witze. Seit Monaten hab ich mir das aus dem Kopf geschlagen. Wie soll man mit ihm denn überhaupt auf Tuchfühlung gehen? Außerdem wäscht er sich nicht und wechselt seine Sachen nicht, kommt und packt sich angezogen ins Bett ... Er, der früher so reinlich war ... Ich glaube, ich hör ihn die Treppe hochkommen. Gut, okay, wir reden ein andermal, okay ... okay ... bye ... bis dann.

*

«Wer ist dieser K. in der Geschichte mit dem Aids?», hab ich Ziffer gefragt. Nur so, nicht weil ich eifersüchtig gewesen wäre oder irgendwas, mir kam nur komisch vor, dass in diesem ganzen Zeitraum, in dem er mir was vorgeschauspielert hat, das Haus nicht verließ und in Depressionen verfiel, plötzlich rauskommt, dass er eine Geschichte mit K. hat. «Reg dich ab», antwortet er, «das ist jemand Fiktives. Ich hab ihn erfunden. Bist du jetzt zufrieden?» – «Nein, bin ich nicht», hab ich gesagt, «aber gib mir mal deine Sachen, ich mach eine bunte Wäsche an.» Ziffer war schon auf eine lange Diskussion eingestellt, aber ich hatte gelernt, dass es besser war, einfach zur Tagesordnung überzugehen, das setzte ihn noch mehr unter Druck. Also fing er an, mich zu attackieren, ich sei auch kein Unschuldslamm und bei all meinen Ausbruchversuchen von zu Hause sicher nicht immer eine Nonne geblieben. «Komm, ich werd dir die Wahrheit sagen», sagte ich, «dass ich nämlich so manches Mal Lust habe, außer der Reihe zu vögeln, denn mit dir ist es schlicht und ergreifend nervig geworden.» Kurzum, ein richtig schöner Streit ging los und das alles, während ich noch die schmutzige Wäsche in den Händen hielt. Am Ende schmiss ich alles auf den Boden und rief: «Das eine Mal wirst du die Wäsche machen und ich leg die Füße hoch.» Das Lustige war, dass er gehorchte, und als er sich bückte, um die schmutzigen Sachen vom Fußboden aufzuheben, bekam ich plötzlich Mitleid mit ihm und sagte, ich würde schon die Wäsche machen, sonst drückte er am Ende noch auf den falschen Knopf und ruinierte die ganze Maschine. Er strich mir übers Gesicht und sagte: «Ich liebe dich.» Tja, das war es, was er sagte, vielleicht, weil er endlich mitgekriegt hatte, dass im Grunde genommen alles aus war zwischen uns. «Nein, du liebst mich nicht», erwiderte ich. «Du liebst nur dich selbst und ich bin sicher, du wirst kein Problem haben, jemanden zu finden, der mir ähnlich ist, damit er dich bedient.»

Ich packte meine Sachen zusammen und danach wieder aus, weil er meinte, ich könne das Haus nicht mit so einem Berg von Tüten und Paketen verlassen, erst mal müsste ich mir eine Bleibe suchen, und solange würde er auf die Sachen aufpassen. Wieder hatte ich das Gefühl, er kapiert nicht, dass ich ihn verlasse, und denkt, das ist wieder nur eine von meinen kurzen Eskapaden.

Doch ich war zu der Einsicht gelangt, dass ich aufhören musste, ein Parasit zu sein, und den Versuch unternehmen, allein auf der Welt zu leben. Denn das Schlimmste, was ich mir vorstellen konnte, war, das Leben zusammen mit ihm in diesem warmen und stillen Heim zu beenden, umgeben von den Klängen Schuberts und Wagners und den Geistern Homers, Shakespeares und Goethes ... Allein der Gedanke, auch ich könnte zu einem Geist werden wie sie, vergreisen und gemeinsam mit ihnen sterben, ohne der Welt irgendetwas von mir selbst hinterlassen zu haben ...

Ich gebe zu, dass Ziffer vor allem ein kultivierter Mensch war. Als ich ihm das erste Mal begegnete, stand ich wie blöde vor seinem immensen Wissen. Ich wusste gar nichts, hatte von nichts richtig Ahnung, empfand solch einen Respekt vor ihm, dass ich mich nicht mal traute, ihm die Titel der Bücher zu nennen, die ich gelesen hatte, weil ich Angst hatte, sie nicht richtig auszusprechen, oder aber, dass sie nicht gut genug für ihn wären. Tatsächlich gab er zu, nicht in der Lage zu sein, seinen kulturellen Hochmut und seine Erwartung, Menschen hätten kultiviert zu sein, im Zaum zu halten. Er war imstande, jemanden auszulachen, der noch nie von Proust gehört hatte, und auch jemanden, der prahlte, «sicher hab ich den gelesen». Beide Fälle regten ihn gleichermaßen auf, denn einerseits hasste er Unbildung, konnte jedoch ebenso wenig Menschen leiden, die sich den Anschein von Kultiviertheit gaben.

In den Nächten, in denen er nicht schlafen konnte, pflegte er aufzustehen und vor dem Computer zu sitzen. Ich stand dann auch auf, weil ich mich um ihn sorgte, worauf er mir einen seiner furchterregenden Blicke zuwarf, aus vor Müdigkeit kleinen Äuglein, und weiterarbeitete, wobei sein schwerer Schattenriss den Schreibtisch bedeckte und seine Hände im Rhythmus einer marschierenden Armee die Tastatur bearbeiteten. Er konnte für Stunden so arbeiten, ohne zu bemerken, dass die Sonne bereits aufgegangen war und den Raum mit Licht geflutet hatte, das auf seinen Haaren glitzerte, auf allen Härchen seines nackten Körpers. In solchen Stunden wirkte er wie ein

Wilder, genau das Gegenteil von dem kultivierten Feingeist, der er immer sein wollte.

Sogar mit geschlossenen Augen könnte ich seinen Körper erkennen. Vor allem aufgrund des Muttermals unter der Unterlippe, um das er, um es nicht zu verletzen, beim Rasieren ein Stoppelfeld stehen ließ, das er «Stoppelexistenz» nannte, nach einem Satz von Brenner. Ziffer sagte immer, Brenner sei Agnon vorzuziehen, gerade weil er nicht den Nobelpreis bekommen habe, nicht in der Schule gelehrt werde und keine Chance bestehe, dass sie ihn zu etwas Angesagtem machten. Eine andere Sache in seinem Gesicht, die ich schon von Weitem erkennen könnte, sind seine Augenbrauen, mächtige Brauen, die den Eindruck eines Furcht einflößenden Menschen vermitteln, etwa eines Schulleiters, der einen Schüler zusammenstaucht, der im Unterricht gestört hat.

Noch ein Erkennungszeichen für mich war seine samtige Haut, so glatt und angenehm, und noch etwas anderes: die Farbe seiner Brustwarzen, dunkelviolett, fast metallen, und die Haare ringsum, die feine Silberstriche darauf zeichneten. So viele Spaziergänge habe ich auf seinem Körper unternommen, von oben nach unten und von unten nach oben, tausendundein Mal, dass ich jedes Fältchen und jede Erhöhung und jeden Pickel beschreiben könnte.

Als ich ihn kennenlernte, noch bevor wir zusammenzogen, war sein Schlafzimmer mit Fotos von Michelangelos vier Sklavenstatuen dekoriert. Als wir dann zusammenzogen, machte ich zur Bedingung, dass er diese beängstigenden Aufnahmen nicht wieder aufhängt. Ich nötigte ihn, sich an die Fotos von Mapplethorpe und die Werke von Andy Warhol zu gewöhnen, zwang ihn, von den Gipfeln der Kunst in die «Yuppieabgründe» hinabzusteigen, wie er sagen würde. In dieser Hinsicht habe ich ihn erzogen, toleranter zu werden, und ich denke, es hat ihm nicht geschadet.

Wir haben zusammen gelebt, sind zusammen weggefahren, haben uns gestritten, vertragen, haben einer dem anderen alle nur erdenklichen furchtbaren Sachen angetan, und ausgerechnet wenn es schien, dass wir am Ende des Weges angelangt waren, haben wir zueinander zurückgefunden, aber diese Anhäufung von Frust in mir gebar diesen tanzenden Stern, den Stern der Freiheit, der Schaffenslust. Muss ich Ziffer dafür danken, dass er den Götzen zerbrach, den ich anbetete, und mich mit der Realität konfrontierte? Anfangs habe ich versucht mich zu widersetzen, denn immerhin hatte ich aus seinen Reaktionen auf alle möglichen Sachen, die ich über die Jahre geschrieben und ihm gezeigt hatte, verstanden, dass es besser wäre, mir die Idee aus dem Kopf zu schlagen, ein Schriftsteller wie er zu sein. Ganz bestimmt also hatte ich Angst, als ich ihn verließ und meinem tanzenden Stern folgte.

Manchmal meine ich, ihn hinter der Scheibe eines Cafés sitzen zu sehen, wie er mit ausholenden Handbewegungen dem gerade aktuellen Verehrer erklärt, dass es keinen Sinn macht zu schreiben und dass alles verloren ist, und gleichzeitig nimmt er die Hand des Jungen und sagt ihm, wie er zu mir gesagt hat: «Du hast schöne und tiefe Augen. Ich schaue schon eine halbe Stunde hinein und spüre, dass wir Freunde sein werden.»

*

Sein Name war K. und er war zehn Jahre jünger als ich, schön wie der Held in Ingmar Bergmans «Fanny und Alexander». Tatsächlich erzählte er mir, er habe eine kleine Rolle in einem solchen Film gespielt, in einer Neufassung von «Das siebente Siegel» oder «Wilde Erdbeeren», ich erinnere mich nicht, was genau er sagte, denn in der wenigen Zeit, die uns zusammen gegeben war, war ich zu beschäftigt damit, sein Gesicht zu studieren, seinen Körper - war er tatsächlich adelig, wie er mir erzählte? Was hatte ein Adliger an einem Ort wie dem verloren, an dem wir uns begegnet waren?

Ich traf ihn in einem Schwulenkino in der Motzstraße, in jener Phase, in der die Beziehung zwischen mir und meinem Lebensgefährten aus den Fugen zu geraten begann. K. bedeutete mir, ihm in eine Ecke zu folgen, und dort umarmte er mich. Wir küssten uns, ich öffnete seine Hose und er die meine. Nachdem wir getan hatten, was wir taten, herrschte einen Moment lang Verlegenheit. Ich war sicher, ihn enttäuscht zu haben, dass alles zu hastig und schwerfällig abgelaufen war, dass ich unbeholfen gewesen war (bei diesen Quickies ergibt sich immer das Problem mit der Brille: Wo soll man sie ablegen? Und auch die heruntergelassene Hose: Wie kann man verhindern, dass sie mit dem Fußboden in Berührung kommt?). Ich wusste da noch nicht, dass er ein Baron ist, aber seine exquisite Kleidung - sogar im Halbdunkel dort war das unübersehbar - weckte bei mir Neugier und ich sagte bei mir: «Er ist schön wie ein Prinz.»

Berlin war ihm, wie sich herausstellte, noch fremd, sodass ich vorschlug, in ein angenehmes Café zu gehen, das ich kannte. Auf dem Weg dorthin unterhielten wir uns. Er wollte wissen, was es bedeutet, Jude zu sein, und wie die hebräische Sprache klingt, und ich antwortete ihm recht einsilbig und beobachtete seine Art auszuschreiten, die kleinen Details an seiner Kleidung und in seinen Zügen. Ich mochte seinen hellen Bart und seine glatte Haut, die nicht gänzlich weiß war, sondern zu einem leichten Teint tendierte. Er hatte ein bisschen zu stark ausgeprägte Oberschenkel, aber dieser kleine Makel fiel mir noch nicht auf, als wir auf der Straße nebeneinander hergingen, sondern erst, als wir uns im Café niederließen, er seinen langen Mantel ablegte und sich entschuldigte, er müsse zur Toilette. Natürlich nahm er das Wort «Toilette» nicht in den Mund, ja genau genommen sagte er gar nichts, sondern deutete mit dem Finger nur in die Richtung und meinte: «Bestell mir in der Zwischenzeit einen Milchkaffee.» Ich mochte die Art nicht, in der er mich anwies, ihm einen Milchkaffee zu bestellen, dachte jedoch gleichzeitig, dass ich vielleicht, zur Abwechslung sozusagen, durchaus Vergnügen aus der Rolle des Dieners ziehen könnte, nach so vielen Jahren mit meinem Lebensgefährten, in denen ich der Herr gewesen war. Ich betrachtete seinen über dem Stuhl abgelegten Mantel, ein dunkelgrüner Lodenmantel, passend zu dem Blazer, den er darunter trug, ein lindgrüner Lederblazer mit Silberknöpfen. Die Knöpfe waren aus alten Silbermünzen gemacht, und die Jacke hatte er, so erzählte er mir später, von seinem Großvater geerbt.

Aber auch da hatte er mir noch nicht verraten, dass er Baron war. Bis ich den Siegelring bemerkte, den er am

Zeigefinger der linken Hand trug, ein Ring, aus einem Agat-Halbedelstein gemacht mit einer Krone und einem Löwen darauf, nach dem ich ihn befragte. Als ich seine Antwort vernahm, dachte ich mir, das ist doch mal was, mit einem Baron Kaffee zu trinken, nachdem ich einen Fick mit ihm hatte, wobei ich das Wort Fick im Stillen besonders betonte, als wollte ich durch seine Verwendung den Adelstitel mit Füßen treten.

Er erzählte mir, er sei verheiratet gewesen und habe zwei Kinder, zwei Söhne. Vor Kurzem habe er sich von seiner Frau scheiden lassen und jetzt habe er eine Freundin, die etwas älter sei als er selbst. Noch ehe ich fragen konnte, wie diese Begeisterung für Frauen sich mit dem vertrage, was kurz zuvor im Kino zwischen uns gewesen war, fügte er hinzu, er könne sich nicht erlauben, in seiner Stellung und innerhalb der kleinen und geschlossenen Gesellschaft, in der er lebe, mit einem Mann zusammen zu sein, oder sogar alleine zu leben ohne feste Beziehung zu einer Frau. Mehr noch: Er wolle auch gar nicht mit einem Mann zusammenleben und offiziell als Homosexueller gelten. Als ich ihn fragte, ob sich ihm in der Stadt, in der er wohnte, viele Gelegenheiten zu Abenteuern mit Männern böten, schüttelte er verneinend mit dem Kopf, linste nach dem hübschen Kellner, der gerade mit einem großen Tablett an unserem Tisch vorüberkam, und bedeutete mir, auch einen Blick auf ihn zu werfen.

K. erzählte mir auch, dass er schreibe, vor allem Gedichte, und in aller Bescheidenheit von dem Erbe lebe, das sein Großvater ihm hinterlassen habe – Ländereien in Norddeutschland, die an Bauern verpachtet seien, ein Mietshaus, das den größten Teil seines Einkommens sichere, und eine kleine Wohnung in Rom, die leer stehe und in die er sich manchmal im Winter flüchte. Zu guter Letzt wollte er dann wissen, welchen Beruf ich ausübe, und als ich sagte, «Lkw-Fahrer», um seine Reaktion zu sehen, zögerte er einen Moment und sagte: «Tatsächlich? Das kann nicht sein.» Ich nickte bestätigend, lachte dann und sagte, dem sei doch nicht so, worauf er verlegen wurde und sich entschuldigte, für einen Augenblick tatsächlich geglaubt zu haben, ich sei Lkw-Fahrer.

Doch der herrische Unterton in seiner Stimme ließ mich aufstehen und eine Verbeugung vor ihm machen: «Bedürfen Euer Exzellenz zufällig eines Butlers? Ich könnte sehr dekorativ im Salon wirken.» Er setzte eine finstere Miene auf und sagte, er bereue schon mir erzählt zu haben, dass er adlig sei. Um ihn noch ein bisschen zu provozieren, fuhr ich fort, in allen Einzelheiten die Uniform zu beschreiben, in der ich Dienst tun würde. Nur hinsichtlich des Schuhwerks bat ich um seine Nachsicht: Schuhe drückten mich, weshalb ich barfüßig umherlaufen müsse, wie die Bauern, der Rest kümmere mich nicht: Schiffchen, Zylinder, was immer er wolle. Ich würde «Passepartout» heißen und überallhin mit ihm mitreisen, würde die Koffer tragen, das Gepäck aus- und wieder einpacken, würde eine Reisedecke über seine Knie breiten, wenn wir mit dem Zug zu seiner Wohnung in Rom führen. Die Mitreisenden im Abteil würden ihn fragen, «Sie haben einen Butler?», worauf er seufzen und sagen würde: «Ja, aber die Dienerschaft heutzutage ist auch nicht mehr das, was sie mal war.»

Wir gingen in sein Hotel gegenüber der Oper. Er befahl

mir, mich auszuziehen, und verschwand ins Bad, aus dem er nach einiger Zeit in einen schwarzen Seidenkimono gehüllt zurückkehrte. Ich betrachtete das Foto, das gerahmt auf dem Nachttisch stand und ihn mit seinen beiden Kindern zeigte. Er warf sich aufs Bett und forderte mich auf, mich neben ihn zu legen, fragte, warum ich plötzlich so unterkühlt sei.

Dann drückte er die Fernbedienung und auf der Mattscheibe erschien ein Porno. Ich bat ihn mir zu erzählen, was das für ein Gefühl sei, mit einem großen Regisseur wie Bergman zu arbeiten. Danach sprachen wir über Pornofilme. Skandinavien ist schließlich berühmt dafür. K. erklärte mit monotoner und verhaltener Stimme, die meisten Schauspieler stünden während des Drehs unter Drogen, um das Gefühl von Ekel zu überwinden. Wir gingen zum nächsten Film über, und von Zeit zu Zeit linste ich verstohlen nach der Uhr. Der Tag verrann, verlöschte und zerrann. K. nickte ein. Ich stand leise auf, um ihn nicht zu wecken, und ging unter die Dusche. Betrachtete mich selbst im kalten, weißen Licht. Ich sah dermaßen jämmerlich aus. Bei einem Pornofilm würden sie mich vielleicht gerade noch nehmen, um das Stöhnen im Hintergrund zu machen. Ich hob den Klodeckel an und pinkelte. Betätigte die Spülung und betrachtete mich weiter von der Seite.

«Dreckiger Sklave, du entkommst mir nicht», sagte die schlaftrunkene Stimme. «Du willst wohl, dass ich dich bestrafe, was?» Der Sklave in Sträflingskleidung lag auf dem Rücken. Der Herrenmensch in brauner Offiziersuniform stand über ihm mit einer Peitsche in der Hand und befahl ihm, den Mund zu öffnen. Aus diesem Winkel musste der Häftling «trinken», wie der Herrenmensch befahl, der ihm in die Rippen trat. Der Sklave schloss die Augen und gab sich der warmen Flüssigkeit hin.

Bevor wir uns verabschiedeten, vereinbarten wir, uns nicht zu schreiben. Ich habe dieses Versprechen gebrochen und ihm geschrieben, habe ihm erzählt, ich vermisste ihn. Er hat mir nicht geantwortet.

Tabasco Bar, Fuggerstraße 3, Berlin

An der Bar sitzt ein einziger Kunde, Typ Beamter im Anzug, trinkt ein Bier nach dem anderen und wirft lüsterne Blick in den Billardraum, wo sich bereits vier Businessboys aufhalten: der Türke, der Deutsche, der Rumäne und der aus der Karibik, die mit belegter und von Zigaretten heiserer Stimme lachen und auf Kundschaft warten. Der Barkeeper, eine Art hutzeliger Ziegenbock, spricht mit dem Kunden über damals, über die guten alten Zeiten, als sie hinter dem Bahnhof gestanden sind und die amerikanischen Soldaten sie genommen und mit Dosenfleisch bezahlt haben, und jetzt, beklagt sich der Ziegenbock mit dünner Fistelstimme in einem Satz, der kein Ende finden will, hast du es mit Leuten ohne Kultur zu tun, die nichts trinken, nur ficken und gehen. Die Türglocke bimmelt und Jossi, der israelische Strichjunge, kommt mit einem kalten Windstoß hereingeweht und sein Haar verströmt noch den Geruch von Schlaf. Als er den Büromenschen passiert, der inzwischen schon ordentlich getankt hat, streckt der die Hand nach ihm aus, als wolle er ihm etwas sagen, aber der Israeli beachtet ihn nicht. Der Barkeeper ruft: «He du, schon wieder zu spät!» Jossi knurrt und bittet um einen Gin Tonic, um einen klaren Kopf zu bekommen.

Ganz allmählich füllt sich dieser Klub der gebrochenen Herzen mit Kunden, die reinkommen, ihre Jacken ablegen, einen Blick in das Hinterzimmer werfen, sich an der Bar niederlassen, etwas zu trinken ordern und im Halbdunkel warten. Hinter ihnen tanzen die bunten Lichter der Geldspielautomaten. Ein Kunde, allem Anschein nach neu, beugt sich vor, um leise mit dem Barkeeper zu sprechen, aber offenbar hat ein bisschen zu viel an Alkohol die Kontrolle über seine Stimmbänder in Mitleidenschaft gezogen, sodass seine Frage alle erreicht: «Wer ist hier am besten?», fragt er und deutet in Richtung des Billardraums. Noch ehe der Ziegenbock etwas erwidern kann, springt der Büromensch im Anzug ein, an seiner Stelle zu antworten. «Erlauben Sie mir, Ihnen den Türken zu empfehlen, wenn Sie richtig verwöhnt werden wollen. Wenn Sie es aber ein bisschen gewalttätig mögen, nehmen Sie den Israeli. Ich persönlich bevorzuge den Israeli, denn ich liebe gefährliche Dinge. Fassen Sie mal an», der Büromensch öffnet ein paar Knöpfe an seinem Hemd, präsentiert seine behaarte Brust und zeigt auf die Brustwarzen. «Ich liebe es, wenn man mir feste da reinbeißt, aber richtig feste, bis Blut fließt.» Und während er sein Hemd wieder zuknöpft, stellt ihm der Barkeeper ein weiteres Glas Bier hin. «Schwer zu entscheiden, was?», meint er zu dem Neuen.

Der Barkeeper ruft den Türken, er solle mal kommen. Attila ist sein Name, ein kleinwüchsiger Bursche, ein

Kind noch mit dem Gesicht eines Erwachsenen. Aus seinem tief ausgeschnittenen T-Shirt und seinen Shorts sprießt dichtes, schwarzes Haar. Er klettert auf den Barhocker neben dem neuen Kunden und flüstert ihm etwas ins Ohr und der Kunde bricht in dröhnendes Gelächter aus. Der Barkeeper indes ist auf der Hut, denn gerade sind zwei Herren eingetreten, die einzuordnen er Schwierigkeiten hat. Touristen? Deutsche, die aus einer anderen Stadt kommen? Schweden, teilen sie ihm schließlich mit und bestellen Wodka auf Eis, solch ein Designer-Zeug, um dann sogleich zu fragen, wo denn die Toiletten seien. Auf dem Weg dorthin spähen sie in das verrauchte Hinterzimmer. Jossi, der israelische *Businessboy*, kommt mit geheimnisvoller Miene an ihnen vorbei und wirft einen Blick zu dem Barkeeper, wie um zu erfragen, wie liquide die beiden denn sind. Der Barkeeper indes weiß bereits, dass sie am Ende den Knaben aus der Karibik nehmen werden. Fürs Erste noch frei, abgesehen von Jossi, sind demnach der Deutsche und der Rumäne, die mit übergeschlagenen Beinen auf der Kante des Billardtisches hocken. «Roman», ruft der Barkeeper nach dem Rumänen. Signalisiert ihm, er solle sich ein bisschen mehr anstrengen, sich, zum Beispiel, um diesen traurigen Vogel mit Brille kümmern, der auch gestern schon hier gewesen ist, sich, ohne zu grüßen, in einer Ecke niedergelassen und auch jetzt noch kein Getränk bestellt hat. «Ich?», blafft Roman. «Warum werd ich immer zu den Professoren geschickt, schick doch Jossi, der versteht mit solchen Typen zu reden.»

Jossi tritt zu dem Professor mit zwei gelb leuchtenden Cocktails in der Hand. Schnell entwickelt sich zwischen beiden eine angeregte Unterhaltung. Dann erhebt sich der Mann, um zu bezahlen, und Jossi folgt ihm nach draußen. «Was möchten Sie wissen?», hört man ihn den Freier noch fragen, ehe sich die Tür hinter ihnen schließt.

«Alles, was du mir für meine Forschungsarbeit über ihn erzählen kannst.»

Am 21. Januar brach Ziffer zu einem Spaziergang am Ufer des Wannsees auf und strebte der Grabstätte Kleists zu. Nachdem er einige Zeit vor dem Gedenkstein gestanden hatte, stieg er hinab zum See. Zwischen den Booten des Ruderklubs, die dort im Eis festlagen, begann er über die gefrorene Wasserfläche zu gehen, anfangs vorsichtig, danach festen Schritts. Der Tag war klar und Spaziergänger lehnten am Geländer und betrachteten die Szenerie.

Ein Mann rief seine Frau, wobei er mit der Hand auf einen Fleck deutete, der sich in das Weiß hineinbewegte.

Bis die Frau bei ihm war, war der Fleck verschwunden.

Eine Minute oder zwei herrschte vollkommene Stille. Dann begannen die Ausflügler um Hilfe zu rufen.

Jo verstummte. Dann sagte er mit langsamer Betonung:

«Kleists Grab war sein Lieblingsplatz.»

Der Mann holte eine Fotografie aus der Tasche und zeigte sie Jo: Ziffer auf einem Bett ausgestreckt liegend und neben sich zwei aufgeschlagene Bücher. Auf dem Fußboden ein Teller mit Essensresten und darauf eine Gabel.

«Nimm das Bild, nimm es», drängte ihn der Mann, «ich habe bereits einen Abzug davon.»

«Möchte ich nicht. Es gehört mir nicht. Geben Sie es seinen Eltern.»

«Wie du willst», sagte der Mann und ließ das Foto wieder in seine Tasche gleiten. Jo meinte, er müsse jetzt zurück zur Arbeit.

Der Mann rückte seine Brille zurecht und wandte sich ab, um zu gehen. Jo wurde wieder von der grünen Finsternis der Bar verschlungen.

Anhang: Ein Schriftsatz aus dem Nachlass von Ziffer

Eingabe an den Ausschuss für Straßennamenvergabe
und städtische Erinnerungskultur
Stadtverwaltung Tel Aviv

Betreff: Antrag, die städtische Grünanlage «Unabhängigkeitspark» in Tel Aviv auf den Namen des deutsch-jüdischen Sexualwissenschaftlers Magnus Hirschfeld umzubenennen

Sehr geehrte Damen und Herren,

Magnus Hirschfeld, ein deutscher Jude, gründete vor einhundert Jahren die erste Bewegung auf der Welt zum Kampf für die Rechte von Homosexuellen. Hirschfeld gilt weltweit als führender Theoretiker und Klassiker der

Homosexualität im 20. Jahrhundert, und sein Buch «Das dritte Geschlecht» ist eines der Standardwerke in diesem Bereich und erscheint bis heute in immer neuen Auflagen.

Es besteht eine enge Verbindung zwischen Hirschfeld und der zionistischen Restaurierung, da Hirschfelds Bewegung just in dem Jahr geboren wurde, in dem auch der Erste Zionistische Kongress zusammentrat. Auch hatten beide ein ähnliches Ziel, wurden sie doch ausgelöst durch zwei unterschiedliche Affären, die seinerzeit die Öffentlichkeit erregten: Infolge der Dreyfus-Affäre setzte sich der Zionismus zum Ziel, dem jüdischen Volk Eingang in die Völkerfamilie zu verschaffen, während die homosexuelle Erhebung vor dem Hintergrund des Prozesses gegen Oscar Wilde und dessen Verurteilung in England zu sehen ist, welcher die Forderung gebar, die Homosexualität in die Familie der menschlichen Phänomene aufzunehmen und den einzelnen Homosexuellen als jemanden zu respektieren, der «Anders als die Andern» ist, um den Titel des ersten homosexuellen Films der Welt aus dem Jahre 1919 zu bemühen, entstanden unter Mitwirkung von Hirschfeld und unter der Regie von Richard Oswald.

Darüber hinaus finden sich nicht wenige Berührungspunkte zwischen Zionismus und Homosexualität, und diese mehrten sich vor allem in der Zeit der nationalsozialistischen Herrschaft in Deutschland, in der Homosexualität als nicht weniger abscheulich galt denn Jüdischsein. Im Jahre 1933, als die Nationalsozialisten in Berlin Bücher verbrannten, gehörten, was sowohl durch Fotoaufnahmen als auch durch das schriftliche Zeugnis des

Schriftstellers Erich Kästner dokumentiert ist, die Werke des jüdischen Homosexuellen Magnus Hirschfeld zu den ersten, die ein Opfer der Flammen wurden.

In seinem Buch, das Hirschfeld ein Jahr vor seinem Tod vollendete, beschreibt der Verfasser seinen Besuch in Palästina unter britischer Mandatsherrschaft. Dies war im Winter 1932. Hirschfeld nahm seinen Lebensgefährten Tao Li mit auf diese Reise, die sein letzter missionarischer Versuch sein sollte, die Lehre vom «Dritten Geschlecht» in die Welt zu tragen. In dem Buch, das unter dem Titel «Die Weltreise eines Sexualforschers» (erschienen 1933 in der Schweiz) Hirschfelds Eindrücke dokumentiert, ist ein Kapitel Palästina gewidmet, welches voller Begeisterung vom Wirken des Zionismus im Lande Israel berichtet.

Auf Grundlage der obigen Ausführungen bin ich daher der Überzeugung, dass ein Ort in Israel zwingend nach Magnus Hirschfeld zu benennen ist, und ich schlage dafür den Unabhängigkeitspark vor.

Eine Umbenennung des Parks nach Magnus Hirschfeld würde der Welt die Offenheit der Stadt Tel Aviv beweisen und gleichzeitig den Beitrag eines deutsch-jüdischen Humanisten vor dem Vergessen bewahren, der unter anderem verantwortlich zeichnet für einige der wundervollsten Beschreibungen von Tel Aviv in seinen Anfängen.

Ich verbleibe in der Hoffnung, der Ausschuss möge meinen Vorschlag mit der gebührenden Ernsthaftigkeit und dem Sachverhalt gemäß in Erwägung ziehen und mich über die Entscheidung in Kenntnis setzen.

Hochachtungsvoll

Ziffer

Sehr geehrter Herr Ziffer,

Hiermit laden wir Sie ein zur Sitzung des Ausschusses für Straßennamenvergabe und städtische Erinnerungskultur aus Anlass der beantragten Umbenennung des Unabhängigkeitsparks. Die Sitzung wird am 21. Dezember 1998 um 11:00 Uhr im Gebäude der Stadtverwaltung, Raum 6511, stattfinden.

An nämlicher Sitzung werden Vertreter des Verbandes der Homosexuellen, Bisexuellen und Lesben teilnehmen und ihren Vorschlag zu Gehör bringen, den Park nach dem Schriftsteller Marcel Proust zu benennen.

Bei selbiger Gelegenheit sind Sie gebeten, Ihren Vorschlag, den Park nach Magnus Hirschfeld zu benennen, darzulegen. Herr Joseph wird seine Vorbehalte gegen diesen Vorschlag begründen.

Den Antragstellern werden jeweils fünf Minuten gewährt, ihre Vorschläge zu erläutern.

Nach Anhörung der Vorschläge und Einwände wird der Ausschuss in geschlossener Sitzung tagen und zu einer Entscheidung gelangen.

Die Ergebnisse dieser Entscheidung werden bis spätestens 30. Februar 1999 im Mitteilungsblatt des Ausschusses veröffentlicht werden.

Mit freundlichen Grüßen

Miriam Roll

Vorsitzende des Ausschusses für Straßennamenvergabe und städtische Erinnerungskultur

UWE JAHN: WEIT RAUS.

Erzählungen

Jahns Helden sind um die vierzig. Ihre Beziehungen sind nicht mehr das, was sie mal waren. Wie hält man es aus, wenn die Leidenschaft nachlässt? Wie bemerkt man, wenn eine Beziehung zu Ende geht. Wie versöhnt man sich auch damit, allein zu sein?

«Aus seinen sehr genau und sprachlich souverängearbeiteten Szenen ergibt sich am Ende vielleicht eine verblüffende Einsicht: Wichtiger als sexuelle Abenteuer oder die große Liebe ist die Freundschaft zwischen Männern.»

Peter Rehberg, Männer

MÄNNERSCHWARM VERLAG

Rechenschaftsbericht eines Kämpfers

Michael Sollorz: Die Eignung

Roman

Ost-Berlin vor und nach dem Untergang der DDR: Dieser Roman über Sehnsucht, Fanatismus und Manipulierbarkeit dokumentiert den Widerstreit von romantischen Träumereien, soldatischem Pragmatismus und Hass.

«Es ist ein brillant geschriebener Roman, irritierend und oszillierend, verwirrend und erhellend.» *Christoph Hein*

«Gerade in der Reduktion aufs Wesentliche, im Gestus blinder Pflichtschuldigkeit, offenbart sich Hagners drängendes Sinnverlangen.» *Frankfurter Allgemeine Zeitung*

Männerschwarm Verlag

Wie eine Libelle über dem sonnigen Garten

Ronald Firbank: Die Blume unter dem Fusse

mit einem Nachwort von Christine Wunnicke

Am Hof von Kairoulla, irgendwo: Die Hofdame Laura de Nazianzi liebt «Seine Mattigkeit» Prinz Yousef, doch der liebt eher die Hofdamen im Allgemeinen.

«Etwas für die Liebhaber des Ausgefallenen, Extraordinären, die sich am gesuchten Detail ergötzen können.»

Tilman Krause, DeutschlandRadio Kultur

«Der Roman ist albern, auf herrliche Art und Weise nichts sagend und von bittersüßer, weiser Ironie durchzogen.»

Jan Noll, Siegessäule